LA CRISE D'ADO N'AURA PAS LIEU

Virginie

Jessica Hollender

LA CRISE D'ADO N'AURA PAS LIEU

Avec la collaboration d'Aurore Aimelet

Illustrations d'Emmanuelle Teyras

SOLAR
EDITIONS

Pour établir une relation avec autrui, il faut d'abord établir une relation avec soi-même. Si nous sommes incapables d'affronter notre propre solitude, nous ne faisons qu'utiliser les autres comme des boucliers.

Irvin David Yalom
Et Nietzsche a pleuré

À mes parents d'il y a 25 ans.

INTRODUCTION

Apprendre les uns des autres

Au début de ma pratique, il y a plus de sept ans, j'ai ouvert mes consultations en psychopédagogie positive à toutes les personnes qui souhaitaient comprendre leur manière d'apprendre. Le cœur de mon métier est de permettre à chacun de se réconcilier avec son apprentissage, de reprendre du plaisir et de l'intérêt dans cet acte naturel, aussi bon pour nos neurones que pour notre moral. Parce qu'apprendre n'a pas d'âge et que comprendre comment on apprend encore moins, mon cabinet était ouvert à tous, de 7 à 77 ans. Et puis, les mois ont passé, ils ont envahi mon cabinet et j'ai dû me rendre à l'évidence : les ados m'encerclaient ! Je ne savais pourtant pas grand-chose sur eux avant de les rencontrer. Ma propre adolescence était soigneusement rangée dans le grenier de mes souvenirs, et faire un tour au grenier n'était pas ma priorité.

Alors, que faisaient-ils dans mon cabinet ? Pourquoi, aujourd'hui encore, viennent-ils me voir ? Tout d'abord, parce que vous les y amenez ! Vous me consultez, vous parents, car, au-delà des théories plus ou moins alarmantes sur l'adolescence, vous vivez avec eux un quotidien déroutant, pas toujours simple. Vous venez aussi parce que l'école peut faire partie des terrains accidentés de l'adolescence. Vous voulez que votre enfant « réussisse » sa vie, qu'il soit heureux, et vous pensez qu'il doit, à ce moment précis de sa vie, avoir toutes les cartes en main pour construire la vie qui lui ressemble.

Et puis, je vous retrouve avec eux dans mon cabinet, parce que quelque chose en eux résonne en moi. En leur donnant mon attention, en explorant avec eux leur chemin, j'ai compris que ce moment de la vie n'était pas comme je l'imaginais. Ce que je croyais ? En gros, qu'il s'agissait d'une période tumultueuse, remplie de compteurs à remettre à zéro et d'hormones en vrac, un cap délicat ou difficile à traverser... pour tout le monde ! Ce que j'ai appris ? Que l'adolescence était joyeuse et vivante, parfois complexe, certes, mais fascinante. À rencontrer des ados maintenant que je suis adulte, je comprends ce qu'ils révèlent de ma jeunesse, de cette part en moi qui n'a pas toujours été reconnue ou entendue. Ado, j'ai été comme certains d'entre eux, éprise du groupe mais pas vraiment de l'école. Curieuse, mais aussi adaptée au lien qu'inadaptée à ce qu'on attendait de moi. Trop émotive, trop sensible, très colérique, allergique à la frustration... Bref, je me sentais incomprise. Alors, je souhaite leur apporter ce qui était fondamental quand j'avais leur âge : de l'écoute et de l'attention, sans jugement, crainte ou stigmatisation, une forme de reconnaissance, d'accueil. Et, je les reçois comme ils sont.
Ils ne sont pas toujours sûrs de qui ils sont, d'ailleurs, ni de ce qu'ils souhaitent. Comment choisir ce qui est bon pour eux ? Savent-ils seulement ce que cela veut dire ? Ils ont passé leur enfance à faire les choses avec et pour vous et apprennent tout juste à jongler entre le référentiel extérieur parental et leur référentiel interne tout personnel pour capter la vie. De quoi être légèrement embrumé ! Je suis là pour les aider à saisir ce qui est important pour eux, à développer cette confiance et cette autonomie qui leur permettront de faire des choix, et pour vous aider à trouver la juste distance pour leur permettre de trouver le chemin de leur autonomie.
Mon expérience auprès de toutes ces familles (que je remercie vivement) m'a permis de saisir que cette étape ne pouvait être réalisée sans les parents. Vos ados ont besoin de vous pour trouver le chemin de leur autonomie. Nous pouvons penser que rendre une personne autonome équivaut à tout lâcher, sans filet, comme si devenir autonome, c'était seulement être seul ou faire seul. Et si devenir autonome s'apprenait comme faire du vélo

sans les petites roues ? Vos ados ont besoin de savoir, de sentir que vous êtes là, à leurs côtés, discrètement mais sûrement, pour les rattraper en cas de chute.

Et puis, il y a quelque temps, la lecture d'une phrase a eu l'effet sur moi d'un feu d'artifice : le lien social est le secret de la longévité. Nous tous, hommes, femmes, et quel que soit notre âge, sommes des êtres sociaux, de relation. Et nous avons besoin de ce lien pour survivre et vivre… longtemps. J'ai été convaincue. J'ai donc souhaité écrire sur la relation. Une relation est avant tout une rencontre, comme celle que vous avez faite avec votre enfant le jour de sa naissance. Et parce qu'une relation évolue, j'ai voulu aborder les caractéristiques singulières de ce que traverse votre ado et aussi de ce que vous vivez vous, ses parents, afin de vous aider à modeler une relation qui vous ressemble et à (re)rencontrer votre enfant qui devient grand. Je souhaite m'adresser à vous, qui êtes touchés par cette étape si tourbillonnante, créatrice et apprenante, afin que vous partiez aussi à votre propre rencontre.

Quid de la crise d'adolescence ?

Vous l'aurez compris, je souhaite démystifier la crise d'adolescence. Et d'abord, d'où vient ce terme ? Pourquoi a-t-on associé cette tranche de vie à une crise ? Évidemment, il existe des faits biologiques liés à l'adolescence qui ont un impact certain, mais l'émergence de ce terme est propre à nos sociétés occidentales. En Orient, en Inde par exemple, il n'y en a pas pour définir cette période, considérée comme un passage. Dans notre inconscient collectif occidental, en revanche, l'adolescence est facilement considérée comme une sorte de « nature », un état indépendant et isolé qu'il conviendrait d'aborder en tant que tel, en dehors de tout contexte historique, social et familial. Comme un mystère qu'il faudrait percer. Nous allons jusqu'à rechercher une norme dans le comportement des adolescents, principalement pour nous rassurer, nous, adultes et vaccinés.

Et si l'adolescence n'était rien d'autre qu'un passage de l'enfant à l'adulte, un changement individuel, certes, mais qui s'opère en fonction des normes sociales ? Dans notre société occidentale, la « norme » est la famille nucléaire, une forme de structure familiale fondée sur la notion de couple, avec ou sans enfants. Sa finalité est de fournir, grâce à sa structure, un environnement permettant la réalisation des besoins primaires de chacun de ses membres. Ces besoins, et donc la structure de la famille, vont alors évoluer en fonction de ces étapes de développement. Lorsque l'adolescence commence, la dynamique familiale se modifie après une longue période de stabilité, et cela peut paraître brutal pour tous les membres de la famille. Celle-ci doit alors bâtir de nouvelles frontières pour permettre au jeune garçon ou à la jeune fille de s'éloigner et de se rapprocher, afin qu'il ou elle puisse construire son identité avant de prendre son envol. Devenir adulte suppose de devenir autonome, or l'autonomisation de l'adolescent est complémentaire à celle de ses parents, qui sont également invités à redéfinir leur identité pour envisager et accepter la séparation. La notion de séparation est donc sous-jacente. Nous devons nous séparer de notre famille d'origine,

mais cette séparation, plutôt qu'une rupture, ne serait-elle pas plus douce dans la négociation de nouveaux liens ?
Si crise il y a, se pourrait-il qu'il s'agisse d'une crise de la relation ? Or, quand on parle de relation, on ne peut faire l'impasse sur toutes les personnes concernées et sur ce que vous vivez, vous, en tant que parents. Alors, je souhaite mettre en lumière cette relation vivante, en pleine évolution, qui vous lie à votre ado, ces rapports que vous entretenez avec une autre personne autonome... ou du moins en cours d'autonomisation. Et là, nul mystère ! Mieux on connaît, mieux on comprend, et mieux on comprend, mieux on aime. Un parent peut faire une multitude de découvertes sur lui-même grâce à son ado, tout comme ce dernier découvre ce qu'il a à accepter (la frustration, les limites, les autres...) grâce à ses parents.
Alors, prenez une grande inspiration, puis expirez et restez là quelques secondes. Je vous souhaite la bienvenue dans ce monde merveilleux de la relation. Vous allez découvrir ce que votre ado dit de vous : que vous êtes parent, imparfait, changeant, et surtout aimant. Vous allez apprendre à repousser un peu plus loin les limites de vos certitudes, en connaître davantage sur votre monde grâce à celui de votre ado, de votre petit qui est en train de s'aventurer en dehors du cocon de l'enfance pour découvrir des territoires inédits, immenses et merveilleux, mais aussi tumultueux. Ça demande du courage, pour vous, pour lui. Établir ses propres codes après avoir « transgressé » ceux de ses parents n'est pour personne un long fleuve tranquille, mais chaque génération fait l'expérience de l'émancipation. Vous avez fait la vôtre ; c'est maintenant à son tour.

Se séparer, et pourtant s'aimer

Soyons honnêtes : les séparations sont inconfortables, même celles qui sont indispensables. Celle que vous êtes en ce moment même en train de vivre avec votre enfant est désagréable, voire douloureuse, mais incontournable. Il est donc important de prendre soin de vous, de vos besoins, de vos émotions, d'être à l'écoute de vos peurs, de vos doutes, pour prendre soin de votre enfant qui devient grand et que vous aimez tant.

C'est l'amour que vous lui portez (et que vous vous portez) qui vous permettra de créer de nouveaux liens, de revisiter votre relation pour en prendre soin, aujourd'hui, alors que vous partagez cette « crise ». Mais qu'est-ce que l'amour parental ? L'aimer, c'est lui donner un cadre nécessaire à la vie en société, l'aider à mettre en place les bons repères et participer à la construction de ces balises. L'amour parental inclut donc l'éducation et la non-possession. Fondateur, il ne se limite pas aux sentiments, pourtant si précieux.

Dans son livre, la chercheuse américaine Barbara Fredrickson[1], spécialiste en psychologie positive et en neuropsychologie, propose plusieurs définitions de l'amour.

Amour, n. f., du latin *amor*

1. Inclination passionnelle, qui fait d'un seul être le centre de votre univers et la condition de votre bonheur.
2. Émotion positive qui tonifie votre système nerveux, votre système immunitaire, et qui augmente votre espérance de vie.
3. Pépite de bonheur à partager à tout moment avec n'importe qui, et qui sauvera sans doute l'espèce humaine.

Elle avance, recherches à l'appui, que l'amour se perçoit et se vit dans une multitude de micro-moments de connexion avec l'autre. Ces instants de tendresse et d'empathie, à côté desquels nous passons régulièrement (le sourire du boulanger, le regard d'un bébé, une conversation avec une amie, un ciel bleu), font résonner tout notre corps et notre esprit d'une énergie positive. Ces petits riens du quotidien, en se cumulant, garantiraient une vie plus heureuse, et même plus longue. Se pourrait-il que prendre soin de votre ado, de votre relation, puisse passer par

1. Barbara Fredrickson, *Ces micro-moments d'amour qui vont transformer votre vie*, Marabout Poche, 2017.

ces micro-moments ? C'est ce que j'ai choisi de vous faire expérimenter dans ce livre. Et si vous nourrissiez vous-même ce lien qui vous unit en prenant soin de vous et en l'écoutant, lui ? Vous pourriez créer cette connexion, ce partage, cet échange pour faire vivre cet amour que vous ne cesserez jamais d'éprouver.

Ce livre est un livre pour l'adolescence, dédié à cette relation secouée par son lot d'incompréhensions, de conflits et de colère, mais aussi d'échanges, de vie et de moments intenses partagés. Je souhaite qu'il fasse évoluer le regard que vous portez sur l'adolescence, pour la considérer comme un passage plutôt qu'une crise et, enfin, observer ce que ce changement implique en vous. Je l'ai écrit à partir de mes échanges avec des adolescents, à partir de leurs interrogations, de ce qu'ils me confient au cabinet, à propos de ce qui les anime, et qui traite souvent de leurs différentes relations, aux autres, au monde, et bien sûr à leurs parents. Pendant toutes ces années, je n'ai cessé d'être surprise par leur clarté d'esprit, leur maturité, leur liberté… J'ai voulu partager avec vous ce qu'ils pensent ou disent, pour vous permettre de mieux comprendre les enjeux qui les animent, et par cet exercice de style vous permettre de mettre le doigt, de la manière la plus consciente possible, sur ce qui vous anime, en miroir. Je souhaite que ce livre facilite vos échanges, qu'il vous aide à apaiser et à embellir la relation que vous avez avec votre enfant qui devient grand, et qu'il vous permette de réaliser, ou peut-être d'accepter, qu'il est en capacité de prendre soin de lui, presque « tout seul », qu'il est capable de bien plus d'écoute, d'attention et de maturité qu'on ne le pense. Votre ado peut vous apprendre des tas de choses incroyables, sur le monde, son monde et votre monde.

Alors, devenez ce guide dont il a besoin. Multipliez les expériences, testez, allez droit dans le mur (mais pas trop fort), retrouvez votre équilibre, roulez sans petites roues. Apprenez, vous aussi, comme votre ado apprend. Vous n'êtes pas seul à douter, à vous dire secrètement paumé, à galérer sur le chemin. Pourtant, cela en vaut la peine. Je vous souhaite de profiter de cette transition pour grandir ensemble.

LE CORPS

Le point de vue de Léon

Quand Léon entre dans mon cabinet, il se présente en 10 minutes.

J'avoue, j'ai toujours envie de bouger. Beaucoup. Je me déplace à vélo. Le métro, c'est trop figé pour moi, c'est comme si je me laissais transporter, comme si je subissais la vie. Mon corps ne demande que ça, bouger. Une période de mollesse absolue, l'adolescence ? Abusé ! J'ai des potes qui sont toujours fatigués, on dirait que leur corps les gêne. Pas moi. Pour moi, le corps, c'est une machine fabuleuse (enfin, sauf mes boutons). Tout en moi peut être bougé. Une chance ! Pas pour mes profs, apparemment ! En vrai, c'est top d'avoir un corps, non ? Les profs, eux, me demandent toujours de me mettre au fond. Paraît que je bouge trop, que je fais tout trop vite. C'est comme mes parents, ils ne savent plus quoi faire pour m'aider à bouger sans faire de vagues. Ils me disent qu'ils préféreraient me voir affalé sur le canapé comme les autres. Mon meilleur pote, c'est mon vélo, pas mon canapé, il va vite et j'aime ça. Mais parfois, c'est vrai, j'aimerais bien ralentir un peu pour me reposer…

Pour Léon, son corps est un peu comme un bolide incontrôlable. Pour le canaliser, je lui propose d'aller à sa rencontre, parce que l'adolescence est l'étape idéale pour apprivoiser cet aspect de soi. Pour ses parents, l'objectif est d'apprendre à accepter la singularité de leur enfant qui grandit face à eux.

À l'adolescence, le corps est le berceau de tous les changements. Il grandit, s'arrondit, s'alourdit, devenant insaisissable. Parfois étranger, souvent fascinant, il est une nouvelle peau pour l'enfant… qui ne l'est plus vraiment. Comment accompagner cette « mue » ?

Prendre corps, prendre conscience de son corps, en accepter les contours, l'évolution, tout cela n'est pas toujours facile. Si l'existence tout entière est une succession de métamorphoses intimes, le moment de l'adolescence en est sans doute le plus aigu. Comment prendre corps quand tout est en mouvement, quand tout change à la vitesse de la lumière sans raison évidente ? Avec cette mue vient tout un tas de questions avec ou sans réponses, que votre ado est tenté d'éluder, par gêne ou par facilité.
Les hormones font du yo-yo et éveillent des étonnements physiques et sexuels qu'il peut être difficile de comprendre ou d'accepter. Il faudrait être à l'écoute de ce corps qui s'éveille, y porter de l'attention… mais votre ado peut ne pas trop s'aimer ou être à la fois émerveillé et décontenancé par tout ce qui lui arrive. Ce n'est pas simple pour lui de porter son attention sur cette enveloppe qu'il aimerait parfois pouvoir cacher ou voir disparaître.
Entre ce corps en mutation et son cerveau en développement, il peut y avoir un décalage qui explique un tas de comportements étranges ou incompréhensibles. Il a l'impression de ne plus être à la barre, de ne plus être aux commandes. C'est la preuve que l'esprit n'est jamais indifférent à la vie du corps. Il en serait plutôt le reflet. Contenant et contenu sont étroitement liés : le premier n'est pas seulement le véhicule du second, et votre ado en fait l'expérience complexe.

Ce que disent les ados

Je me trouve gros.

J'ai des boutons partout, je me déteste.

Je ne suis pas assez musclé.

J'ai des drôles de sensations.
J'aimerais bien en parler,
mais c'est trop intime...

Je n'ai pas faim le matin,
mais j'adore grignoter
toute la journée...

Je suis tout le temps fatigué.

Prendre une douche ?
J'ai pas le temps !

Parler de sexualité avec
mes parents ? Quelle horreur !

Ce qu'en pensent les parents

Il est tellement mou...

Il ne pense qu'à dormir.

Les ados sont sales,
que peut-on y faire ?

Il ne bouge pas assez,
il a toujours la flemme
de faire quoi que ce soit.

Il mange n'importe quoi,
n'importe comment.

Et vous ? Qu'en pensez-vous ?

Complétez cette liste avec vos propres croyances.

____

____

____

____

Maintenant, je vous propose d'en parler autour de vous. Échangez avec votre conjoint, vos amis, d'autres parents. Faites danser votre esprit critique et votre sens de l'écoute. Même si cela vous paraît étonnant, expérimentez ! Le partage permet de prendre du recul, d'élargir son point de vue et de sortir de certaines situations quand elles semblent dans l'impasse. Il se pourrait que vous appreniez des tas de choses et que vous vous sentiez moins seul...

L'importance de questionner mythes et croyances

Notre réalité est un joyeux mélange de faits, établis et vérifiés, et de croyances sociétales, culturelles et familiales, qui sont subjectives. Ainsi, en ouvrant le Larousse, nous pouvons lire qu'une croyance est « un état mental qui consiste à considérer qu'une certaine représentation est vraie ». Qu'il soit prouvé que la représentation est vraie ou qu'elle soit sortie de notre imagination importe peu, une croyance n'a pas besoin d'être vérifiée pour exister dans notre tête. Voici quelques exemples de croyances entendues dans mon cabinet : « Je dois être loyale à mes parents, quoi qu'il se passe » ; « Je veux faire plaisir à mes parents, je ne veux pas les décevoir » ; « Je ferai tout pour que mes parents soient fiers de moi, même si parfois ça me coûte beaucoup. » Le mythe, lui, est un « ensemble de croyances, de représentations idéalisées autour d'un personnage, d'un phénomène, d'un événement historique, d'une technique qui leur donnent une force, une importance particulières ».

Ces mythes et ces croyances sont utiles ; ils nous servent de repères, de tuteurs nécessaires à notre développement, et nous permettent de grandir en sécurité. Ces mêmes croyances peuvent nous bloquer à certains moments, mais aucune n'est à balayer d'un revers de main. Accepter notre carte du monde telle qu'elle est plutôt que de vouloir la modifier à tout prix est le premier pas vers une vie plus douce. En effet, il peut être intéressant de reconsidérer certaines croyances quand elles nous empêchent de prendre le recul nécessaire pour envisager les choses dans leur globalité, et donc de vivre une situation sereinement. Voici quelques exemples de croyances qui peuvent être limitantes : il faut être gentille ; il ne faut pas faire de vagues ; il faut toujours donner le meilleur de soi-même ; il faut être une bonne mère ; il faut être mince ; il faut être forte ; il faut être indépendant ; il faut se laver une fois par jour… Je vous invite à aller visiter vos croyances limitantes, inconfortables, et, à en faire le tour. Ensuite, demandez-vous ce que vous souhaitez en faire. Vous pouvez les remplacer ou ajouter de nouvelles croyances, comme « J'ai le droit d'être vulnérable », « Je peux m'affaler sur le canapé, parfois », « Demander de l'aide est une force »... Apprendre de notre passé et accepter de lui être infidèle peut être source de liberté, car aborder une situation avec plus de souplesse permet de prendre la distance nécessaire pour transformer une réalité qui nous bloque. Comme ci-dessus, chaque partie de ce livre contiendra une série de mythes vous permettant de prendre conscience des raisons pour lesquelles votre regard est ainsi orienté sur certains sujets précis. Cet espace de réflexion est une invitation à déconstruire une partie de vos croyances afin d'ouvrir votre vision de l'adolescence.

Échangez avec votre ado, écoutez son point de vue, ses croyances à lui, ajoutez de nouvelles croyances aux anciennes pour élargir vos horizons et développez ensemble vos cartes du monde.

Ce que dit la théorie

Une perte de repères

Les transformations corporelles s'imposent à l'adolescent. Elles soulèvent la question du regard des autres sur la personne qu'il devient, sur son ouverture au désir et à la sexualité. Son corps échappe à son contrôle. En jouant de son apparence, votre ado fait de sa peau un outil d'expérimentation et d'exploration de soi. Une autre facette de sa personnalité perce en lui. Il se connaît et se découvre en même temps. Il ne cesse de se scruter dans le miroir, de s'interroger sur sa capacité à séduire, avec la hantise d'être la risée du groupe. Comme son corps, sa pensée se sexualise, et l'autre devient un point central d'intérêt. Votre ado donne tous les signes de la maturité tout en étant encore en quête de lui-même. Il est en tension, sous tension. Les manifestations, inédites pour lui, de la sexualisation à la transformation de son apparence l'inquiètent souvent : la voix, la pilosité, les éjaculations nocturnes pour les garçons, les seins et les règles pour les filles... L'adolescent a la sensation que tout lui échappe puisqu'il ne se reconnaît plus et perd peu à peu ses certitudes de l'enfance. Les rougeurs, la gaucherie, la timidité, les rires défensifs, l'intellectualisation, etc., témoignent alors de sa maladresse à assumer la personne qu'il devient, aux yeux des autres comme aux siens. Il se sent devenir quelqu'un qu'il cherche encore. Alors, consciemment ou non, il souhaite extraire son corps, symboliquement bien sûr, de celui de ses parents. Il pourra par exemple prendre le contre-pied des attitudes que vous lui connaissez. Tout change, de sa manière de parler à sa façon de s'habiller en passant par son attitude à table, son rapport à la propreté, son goût pour telle ou telle activité. Il brouille les pistes en écho au désordre qui règne dans son existence. Il peut vivre votre présence comme une promiscuité insupportable et se retrancher dans sa chambre, dont il vous interdit ou vous limite l'accès. Il essaie de borner symboliquement son espace intérieur et extérieur, d'établir les limites pour se sentir exister sans être envahi. C'est ainsi, en prenant ses distances, qu'il construit ses propres limites. Le corps est une frontière vivante entre soi et l'autre, entre le dehors et le dedans. Il peut par exemple développer une vie intime qui peut vous paraître secrète. Ne vous offusquez pas : il en a besoin pour prendre corps.

Des modifications corporelles

Parce qu'à l'adolescence les changements physiques sont importants, faisons le tour du propriétaire. Pour commencer, sachez que les filles se développent généralement plus tôt que les garçons. Il est très courant que, dans un groupe d'ados, elles paraissent plus âgées que leurs copains du même âge.

Les organes internes, et plus précisément, le foie, le cœur, le cerveau et les reins, prennent du volume. De même, les articulations

ne se développent pas simultanément. Tout d'abord, les jambes et les pieds, puis le tronc, les bras, et finalement la tête. Cela provoque souvent une disproportion physique qui peut être source de malaise, voire de honte.
La maturation sexuelle se poursuit. C'est un sujet un peu tabou pour les parents, mais il est important de prendre conscience et d'accepter que votre enfant est... un être humain ! À partir d'un certain âge, et sous l'influence de la sécrétion hormonale, il commence à ressentir des pulsions sexuelles.

- **Chez les garçons,** elles génèrent la maturation des organes génitaux, l'augmentation de la libido et l'apparition de poils sur le visage, le pubis et les aisselles. La sécrétion des hormones FSH et LH entraîne l'arrivée de la testostérone et la production de spermatozoïdes.
- **Chez les filles,** les bouleversements sont un peu plus complexes. Les ovaires mûrissent et commencent à produire des hormones différentes de celles des garçons : les œstrogènes et la progestérone. De son côté, la testostérone (dans un degré plus faible) entraîne également l'arrivée des poils au niveau du pubis et des aisselles. Peu de temps après, les premières règles apparaissent et, avec elles, la maturation des seins et de l'endomètre.

Il est assez fréquent que les enfants éprouvent une perte de confiance en soi à ce moment de leur développement. Personne n'aime subir des changements qu'il n'a pas choisis, en particulier lorsqu'ils sont accompagnés de signes désagréables, comme l'acné, les odeurs corporelles, une disproportion physique ou encore la mue.
À quoi devez-vous vous attendre au fil des ans ?

Entre 12 et 14 ans

- Votre adolescente grandira subitement. La fameuse poussée de croissance survient vers l'âge de 13 ans : ses seins et ses hanches se développent, en même temps que ses boutons.

Ses premières règles apparaîtront 6 à 10 mois après le pic de croissance.

- Pour votre adolescent, la poussée de croissance arrive un peu plus tard, autour de ses 14 ans. Il vit également le début du développement de ses organes génitaux externes, et avec lui ses premières éjaculations, autour de 13 ou 14 ans.
- Pour tous les ados, le besoin en sommeil augmente franchement, ce qui explique qu'ils traînent au lit le week-end et pendant les vacances.

Entre 15 et 16 ans

- La poitrine de votre adolescente a acquis sa morphologie adulte. Elle termine sa croissance, et sa masse graisseuse est deux fois plus importante que lorsqu'elle était enfant.
- Les organes génitaux de votre adolescent ont atteint leur taille adulte, et sa masse musculaire est deux fois plus importante qu'avant.
- Certains adolescents, filles ou garçons, connaissent leur première relation sexuelle, et commencent à déstructurer leur rythme alimentaire. La maturation de leur cerveau se poursuit. Les zones qui traitent les émotions (système limbique) sont matures avant celles qui interviennent dans le contrôle, ce qui explique leurs débordements émotionnels et leur goût du risque.

Le rapport au corps de votre ado est le reflet de ce qui se passe dans sa tête. C'est mouvant, c'est excitant, c'est déroutant et, surtout, c'est totalement incontrôlé. Je vous invite à apprendre à l'écouter, à l'aider à accueillir ces bizarreries, même si elles vous indisposent. Si vous les acceptez, il les acceptera aussi et, finalement, il s'acceptera aussi.

Comment s'adapter à la situation ?

Apprivoiser son corps, c'est une aventure, et pas seulement pour un ado ! Pas toujours aisée, parfois même corsée, l'idée d'être « bien dans sa peau » nous questionne tous, quels que soient notre âge, notre sexe, notre milieu. Alors, aborder la question du corps avec votre enfant peut être délicat. De nombreux sujets, comme le sexe, l'alimentation, l'hygiène, le sommeil peuvent être source d'anxiété pour eux et de discorde entre vous.
Il ne l'a pas choisi, mais votre ado prend corps ! Et ces changements lui font peur, presque autant qu'à vous.
Il fuit la salle de bains, son rythme a cessé d'exister, il est mou ou hyperactif, il rougit ou passe des heures à prendre soin de son allure... Ces réactions vous dépassent et vous avez envie d'intervenir : « Ça ne te dérange pas de ne pas te laver ? », « Tu manges n'importe quoi, tu vas grossir ! », « Couche-toi plus tôt ! Si tu ne dors pas, tu vas perdre tous tes neurones ! » Vous devenez le spectateur interloqué d'un changement physique aussi étonnant que déroutant. Même s'il vous agace, même si vous êtes en colère, je vous invite à vous extraire de la situation et à éviter les remarques, voire les critiques, sur l'hygiène ou sur le rythme. Ce sont des sujets sensibles pour votre ado, des sujets importants qui ne supportent ni conseils ni humour. Si vous vous sentez irrité ou dépassé par les nouvelles habitudes de votre enfant, faites une pause, respirez et réfléchissez à ce qui vous agace.

Exercice

Qu'est-ce qui vous agace ?

Prenez une feuille blanche, un stylo et des crayons de couleur, puis notez les habitudes de votre ado qui vous dérangent le plus. Allez-y, lâchez-vous ! Ensuite, observez ce que vous avez écrit et faites un tri. De ces habitudes, lesquelles génèrent en vous des réactions liées à vos propres croyances ?
Voici quelques exemples...

Réflexions	Croyances
Il mange n'importe quoi.	Grossir, c'est mauvais pour la santé.
Il passe son temps sur Internet.	La pornographie, c'est dangereux
Il se couche trop tard.	Pour être en forme, il faut s'endormir tôt.

Reprenez la partie précédente « en théorie ». Il est possible que votre ado ne contrôle pas encore certains de ses comportements. Il va donc lui être difficile de les modifier pour répondre à vos besoins. L'expérience est subtile et délicate, mais elle devrait vous inviter à plus de tolérance. Vous n'y pouvez rien... et lui non plus ! Votre ado se sent impuissant face à tout ce qui lui arrive, tout ce qu'il vit dans ce nouveau corps qui le constitue, et ce sentiment d'impuissance est démultiplié lorsqu'il se trouve en face de vous et qu'il pense que vous ne le comprenez pas, lorsqu'il perçoit ou interprète une critique ou une moquerie, quand vous lui demandez de faire un effort ou de changer. Il aimerait parfois s'extraire de son canapé et se sentir plus vif, mais il ne peut pas. Quand il vous entend formuler de telles injonctions, il est alors confronté à sa propre impuissance, qui de fait s'en trouve renforcée.
Alors, que faire ? Plutôt que d'essayer de corriger tel ou tel comportement, aidez votre ado à accepter ces mutations tout en posant un cadre de sécurité souple mais présent. Votre intention, une fois clarifiée, vous permettra d'aborder le sujet avec plus de douceur et de poser les limites nécessaires au bien-être de tous. Par exemple : « La salle de bains, c'est pour chaque membre de la famille, une fois par jour et pendant une heure au maximum ! » ou « Je comprends que ton canapé t'aime à la folie, crois-tu qu'il accepterait de te laisser faire le tour du pâté de maisons avec moi pendant 30 minutes ? » À vous de définir ce cadre, cette organisation en « conseil familial », en proposant à chacun de donner son point de vue. Le cadre se crée alors avec plus de souplesse, et la voix de chacun compte.

Debout !
Il est midi !
Hmmmmmm...

Réfléchissez aux six sujets sensibles

Ils vous agacent, ces sujets, vous me le dites en consultation. Certains d'entre eux sont liés au corps et à la manière dont votre ado est en relation avec le sien. Ils sont plus sensibles que d'autres pour vous. Voici quelques informations qui vous permettront, je le souhaite, de prendre du recul sur ces sujets.

* Le sommeil

Son rythme de sommeil change, et votre ado ne peut plus s'endormir à 21 heures comme avant. Pourtant, il a besoin de 8 à 10 heures de sommeil par jour, même s'il n'en a pas l'envie. Le sommeil aide à nourrir le cerveau et l'organisme, c'est un fait. La nuit, notre cerveau fait le tri de toutes les informations conscientes et inconscientes accueillies durant la journée. Notre corps est donc au repos pour permettre à notre cerveau d'utiliser toute l'énergie dont il a besoin. Votre ado en a bien besoin, parce que son corps et son esprit traversent une période de croissance rapide. Alors, comment composer avec toutes ces données ?
De nombreuses raisons expliquent la difficulté que peut rencontrer votre ado avec le sommeil. S'il peut agir sur certaines de ces difficultés (éviter de s'endormir avec un écran, par exemple), il doit attendre que ça passe pour les autres (ses hormones l'empêchent en ce moment de s'endormir tôt).
Votre enfant mène une vie intérieure et extérieure très chargée. Il a encore plus besoin de périodes de détente et de relaxation, seul, auprès de ses amis et avec vous parfois. Pour bénéficier de ce calme au cours duquel il se ressource, il est tenté de chercher l'isolement paisible des fins de soirée, quand vous êtes couché.
Essayez d'en discuter avec lui, pour lui permettre d'être au plus près de ce dont son corps a besoin. Invitez-le à se poser les bonnes questions : qu'est-ce que le sommeil pour lui ? À quoi lui sert de dormir ? Comment vit-il ses nuits ? L'écouter vous permettra ensuite de fixer ensemble le cadre familial : par exemple, tout le monde se lève à 11 heures au plus tard le week-end quelle que soit l'heure du coucher. Afin de conserver un rythme,

le lever ne doit pas dépasser de plus de quatre heures l'heure de réveil habituelle.

✳ Le mouvement

Notre cerveau et notre corps fonctionnent ensemble, main dans la main, et ce depuis notre conception puisque nous bougeons avant même de naître. Le mouvement permet au corps d'exister, notamment pendant l'adolescence. Seulement voilà : il est épuisé ! Toutes les mutations qu'il vit lui coûtent en énergie, et la mollesse dont il fait preuve est plus forte que lui. C'est son corps qui parle. Pour autant, bouger est un appel du corps tout aussi essentiel. Il est tiraillé… une fois de plus. Alors, comment harmoniser tout ça ?

Vous êtes une source d'inspiration pour vos enfants, ils grandissent auprès de vous. Bouger est plus facile lorsque les habitudes font partie de la routine familiale. Prendre l'escalier plutôt que l'escalator ou l'ascenseur, se déplacer à vélo ou à pied plutôt qu'en voiture… Ils feront ce qu'ils vous voient faire. Pourquoi ne pas changer quelques réflexes de votre côté ?

Votre ado, qui a besoin d'autonomie, peut se déplacer, sortir, aller voir ses amis à vélo ou en marchant. S'échouer sur le canapé, c'est très bien pour recharger les batteries, mais se mouvoir permet de conserver une bonne qualité de batterie. Par conséquent, encouragez votre ado à faire le tour du pâté de maisons en téléphonant, à faire les cent pas en travaillant, à faire une bataille de polochon ou un bras de fer avec vous…

✳ L'alimentation

Les adolescents gagnent en autonomie au fur et à mesure de leur croissance. Les choix alimentaires font partie des premières décisions qu'ils prennent par et pour eux-mêmes. De nouvelles habitudes peuvent apparaître : les pâtes et les frites remplacent les légumes ; les aliments hautement transformés et riches en sucres, en sel et en graisses saturées prennent plus de place dans leur quotidien. Voici les difficultés que vous pouvez rencontrer.

- **Il ne prend plus de petit déjeuner.** Le repas du matin participe à l'apport quotidien en nutriments. Votre ado ayant besoin de beaucoup de nutriments au quotidien, tous les repas sont importants. Pourtant, la plupart des jeunes ne prennent pas de petit déjeuner régulièrement. Si votre ado n'a pas faim en se levant, ne le forcez pas à manger. Peut-être a-t-il besoin d'un laps de temps entre son réveil et son repas ? Proposez-lui de prendre un petit déjeuner à emporter pour qu'il puisse récupérer de l'énergie dans la matinée.
- **Il/elle est accro au sucre.** Manger du sucre, c'est normal. En quantité raisonnable, c'est même tout à fait recommandé, car le cerveau a besoin de carburant, surtout quand le sucre est brut. Pourtant, une étude récente montre qu'arrêter net sa consommation de sucre, surtout si on avait l'habitude d'en consommer beaucoup, voire trop, peut entraîner une sensation de manque similaire à celle ressentie après l'arrêt de la drogue.

Les capteurs réservés au goût sucré, qui se trouvent au bout de la langue, sont directement reliés au « centre de récompense », qui se trouve dans le cerveau. Un carré de chocolat suffit à stimuler ce centre de récompense, qui produit alors de la sérotonine, l'hormone du bonheur. Et là, tout va bien ! Si nous arrêtons brutalement de consommer du sucre, le centre de récompense réclame son dû. À ce moment-là, nous éprouvons des signes de manque : sensations physiques désagréables, pensées obsessionnelles, etc. Instinctivement, nous allons chercher ce goût sucré dans les repas suivants ou dans les féculents pour combler le manque.
Votre ado a besoin de sucre parce qu'il a besoin d'énergie, mais racontez-lui ce que vous venez de lire, partagez cette information comme une anecdote, sans vouloir le convaincre, juste pour l'échange. Ensuite, gardez-la en tête et évitez d'avoir chez vous trop d'aliments industriels et transformés. Selon moi, le ratio 70/30 est un juste équilibre : 70 % d'aliments non transformés (que vous transformerez vous-même) et 30 % d'aliments transformés (les sodas, les frites et autres douceurs, aussi bonnes que rares).

✳ L'hygiène

Prendre soin de son corps, le laver, le chouchouter et le parfumer aident chacun à se sentir bien dans sa peau et à s'épanouir. Bien plus qu'un simple geste d'hygiène et de coquetterie, la propreté témoigne du respect et de l'attention que l'on se porte à soi-même et aux autres. Si votre ado a du mal à prendre une douche, abordez ce sujet avec délicatesse. Il peut tout simplement oublier, ou être intimidé par ce corps qui se transforme. Prenez le temps d'en parler lors d'un temps calme : l'hygiène est aussi une occasion pour lui de se découvrir et de prendre soin de lui. S'il fait l'impasse de temps en temps et que ses odeurs corporelles sont un peu fortes, rien de grave : ça nous arrive à tous !

Insistez avec délicatesse sur ce que la douche ou le bain peuvent lui apporter. La première est idéale pour se réveiller le matin, et le second lui permettra de se délasser après une dure journée de cours. Vous pouvez aussi préciser qu'une bonne douche tonifiante doit être plutôt chaude au début, puis de plus en plus fraîche. S'il se sent vraiment fatigué ou stressé, il peut laisser couler l'eau depuis sa nuque sur tout le long du dos pour éprouver une sensation d'apaisement. Le bain, quant à lui, est préférable le soir, pour se relaxer et prendre soin de sa peau. Il est aussi excellent pour le moral. En plus de décoller les petites impuretés, l'eau chaude a le pouvoir de décontracter les muscles et d'apaiser le système nerveux.

✳ Les changements physiques

L'adolescence est le théâtre d'un événement exceptionnel et inédit : la mutation remarquable du corps sur fond de croissance discontinue (pour la première fois) et dysharmonique (les membres se développent par exemple plus vite que le torse). Garçons et filles sont donc des « mutants » corporels, soumis au deuil du corps infantile et à la nécessité d'intégrer un corps nouveau, imprévisible, incontrôlable, bien souvent non conforme au corps rêvé.

Ce corps en mutation bouleverse inévitablement la sensibilité au monde, à autrui et à soi-même. C'est un feu d'artifice de sensations que votre ado peut apprécier (ou pas…), mais qu'il ne peut contrôler. Une première éjaculation pour un garçon est extraordinaire, mais

son obsession pour le sexe et ses érections incontrôlées peuvent vite devenir pesantes. C'est une étape, c'est normal, et ça passe.
Il est donc fondamental de le rassurer. Expliquez-lui ce phénomène, sans forcément nommer les sensations précisément, ni entrer dans les détails. Contentez-vous de dire que tout ce qu'il éprouve, aussi chouette et incontrôlable que ce soit, est parfaitement naturel, et que cela fait partie d'un passage. Ces sensations diminueront d'intensité avec le temps, pour devenir plus mesurées. En attendant, laissez-lui l'espace dont il a besoin, acceptez qu'il ait son propre territoire pour vivre ses premiers émois : du temps dans la salle de bains ou dans sa chambre, seul, sans intervention familiale.

✳ Le sexe

Parler de sexe avec un adolescent n'est pas toujours une partie de plaisir. C'est un sujet tabou dans notre héritage culturel. Au-delà de cet héritage, il est possible que vous confondiez « parler de sexualité » avec « parler de votre sexualité », et craigniez de devoir discuter de votre propre vie sexuelle, comme si votre enfant allait vous poser des questions intimes. Rassurez-vous, aucun adolescent ne s'aventurera à demander comment son père et sa mère font l'amour ! Tous ont bien intégré que cela relevait de l'intimité. Si par hasard votre ado s'amusait à le faire par provocation, vous poserez vos limites. Dites-lui simplement qu'il va trop loin et que cela ne le regarde pas. Sa vie sexuelle lui appartient, comme la vôtre vous appartient à vous.
Il peut être difficile pour votre ado de verbaliser ses interrogations, de partager ses craintes. Il pourrait préférer se confier à d'autres référents. Pour autant, restez disponible. Parler de sexe et transmettre les bons messages de prévention ne relèvent pas d'une forme d'autorité. Cela serait le cas si vous lui disiez que vous ne voulez pas qu'il ait de rapports sexuels. L'idée est de partager des codes plutôt que des interdits : « Je suis passé par ce que tu vis, j'ai moi aussi eu des questions, des doutes. Le rapport sexuel est un moment de bonheur et de plaisir partagé. S'il ne ressemble pas à cela, tu as le droit de le refuser. Et si tu as la moindre question, je suis là pour en parler ou pour t'aider à trouver quelqu'un pour en parler. »

Il est possible que votre ado n'ose pas ou ne souhaite pas aborder une préoccupation avec vous. Les raisons pour cela sont multiples, mais rappelez-vous, ce n'est pas contre vous. Rappelez-lui l'existence d'institutions comme les maisons des adolescents, les centres de planning familial, les infirmiers et infirmières scolaires... Vous pouvez aussi lui dire que vous laissez à disposition, à tel endroit dans la maison, une boîte contenant des préservatifs et/ou des pilules du lendemain. Vous lui expliquerez bien sûr à quoi ça sert, en lui précisant que vous ne souhaitez pas savoir quand, comment ou pourquoi il les utilise... sauf s'il veut vous en parler.

Ce qui se passe en lui

Entre attirance et rejet

Votre ado vit certainement la période de sa vie où l'image de son corps est la plus proche de l'image qu'il a de lui. Le corps est, à ce moment, porteur de promesses : promesses de grandir, de devenir un homme ou une femme, d'avoir une vie sentimentale et sexuelle. Ces changements sont autant attendus que craints. Votre ado peut avoir peur que son corps ne soit pas à la hauteur. Celui-ci est à la fois la représentation de désirs, mais aussi de contraintes, car il l'oblige à s'adapter à une réalité pas forcément agréable. Et votre ado n'est pas vraiment friand du principe de réalité, cette réalité qui crée tant de frustrations et à laquelle il se frotte, se confronte. Il y a là un rapport d'amour et de haine avec le réel. Il se compare, plus qu'à toute autre période, aux autres, peut se trouver trop grand, trop gros, pas assez fort... Par-dessus le marché, il subit de plein fouet un certain nombre de désagréments, comme la pilosité, la transpiration, les règles... Ces contraintes suscitent à la fois désir et angoisse.

Votre ado peut juger son corps, berceau de tous ces sentiments contradictoires, et se sentir mal dans sa peau. Cet inconfort peut provoquer de l'agressivité envers les autres — vous êtes en première ligne —, mais aussi vis-à-vis de lui-même. Il est important de comprendre que ce comportement « agressif » est l'expression de ses angoisses et n'a rien à voir avec vous. Il est en train de rechercher de la sécurité, un sentiment qui lui manque momentanément et qu'il s'efforce de construire en (se) forgeant une image de lui qui lui correspond. Et il a aussi besoin de vous pour ça.

De quoi a-t-il besoin ?

✳ Il a besoin de confiance, de présence

Pendant cette période, il a besoin de votre confiance, d'un regard doux, bienveillant et compréhensif qui reconnaît ses angoisses sans les alimenter. Plutôt que de réagir en miroir, en faisant vous-même preuve d'agressivité — ce qui peut être une réaction compréhensible, tant vous-même pouvez être fatigué —, aidez-le à identifier ses craintes, à exprimer ses doutes, essayez de les apaiser et de le rassurer. Même s'il préfère se confier à une autre personne que vous, restez ouvert. Rappelez-vous que l'adolescence est l'âge de tous les paradoxes, que votre ado peut se sentir tantôt adulte, tantôt enfant. Son désir d'autonomie et de prise de distance vis-à-vis de vous n'annule et ne remplace pas son besoin d'être en lien. Vous jouez les équilibristes, mais c'est pour la bonne cause.

Surtout, ne forcez rien, et surtout pas la parole. Vous devez faire savoir à votre enfant que vous êtes clairement là pour lui, mais le laisser venir à vous. La verbalisation est complexe pour lui, et formuler ce qui le traverse peut lui paraître insurmontable. Rendez-vous disponible en le rassurant par votre simple présence. Vous êtes là pour l'écouter s'il a besoin de vous.

✳ Il a besoin d'intimité

De la salle de bains à la chambre, les portes sont comme de nouvelles frontières qui garantissent à votre ado son intimité. La découverte de son corps ne peut se faire qu'à l'abri de votre regard. Mieux vaut le laisser investir son territoire sans le juger, mais dans le respect de l'organisation familiale, évidemment (une demi-journée dans la salle de bains, c'est un peu beaucoup...).

Sa chambre est un repère, un cocon, un sanctuaire. Sorte de refuge personnel, c'est le terrain bien gardé de toute intrusion parentale, car un lieu d'expérimentations en tout genre. Votre ado y découvre son corps, bien sûr, et les prémices de sa sexualité, mais pas que ! Il se consacre aussi à ses passions, il y écoute de la musique, joue aux jeux vidéo, passe de longues heures devant le miroir, communique avec ses copains, part à la recherche de réponses sur le Net, grignote, se plonge dans des lectures captivantes... Sa chambre, c'est un peu l'extension de lui-même : elle est propice aux rêveries, à la régression comme à l'évolution, et à l'intimité. Et cet espace lui appartient. Les adolescents essaient d'ailleurs de nous le dire... comme ils le peuvent. Ils accrochent des panneaux bien visibles comme « zone interdite » ou « frapper avant d'entrer ». Ces avertissements indiquent clairement la limite entre eux et les autres, entre leur espace intime et le reste de la maison. Y pénétrer sans leur autorisation, c'est un peu comme les toucher sans leur permission, et c'est violent.
Rappelez-vous que, si votre ado vous ferme la porte au nez, ce n'est pas contre vous, c'est pour lui. Il se découvre et il tâtonne, or quand on tâtonne on peut être maladroit. Ouvrez votre cœur et mettez de la douceur dans votre regard lorsque vous surprenez l'une ou l'autre de ses petites maladresses.

✳ Il a besoin de tranquillité, de détente

Dans son territoire, sa chambre, il peut faire régner « l'ordre du désordre ». Le chaos est si intérieur parfois que ce bazar apparent est nécessaire. C'est aussi une façon pour lui de s'opposer à l'ordre parental établi. Voilà pourquoi il sera probablement agacé, ou tout sauf coopératif, quand vous lui ordonnerez de ranger sa chambre ! Si vous avez vraiment besoin qu'il le fasse, soyez clair dans votre demande, car « ranger sa chambre » ne veut pas dire la même chose pour vous que pour lui, et vos besoins peuvent être totalement différents à ce sujet. Précisez votre besoin et la raison pour laquelle c'est important pour vous : « Je fais tourner une machine de blanc, peux-tu trier tes affaires pour me donner ce que tu as à laver ? » Le rangement peut être envisagé étape par étape, en fonction des besoins de chacun, et n'hésitez

pas à partager la corvée des tâches ménagères avec les différents membres de la famille, y compris votre ado.
Hors cas extrême et autres situations d'urgence, gardez en tête que sa chambre est l'endroit où il peut se retrouver avec lui-même. C'est une sorte de bulle protectrice, à l'abri des regards, où il peut s'évader à mille lieues de l'univers familial ou scolaire, qu'il peut considérer comme rigide ou fourmillant de contraintes et d'obligations. Son sanctuaire à lui est en désordre, parlez-lui de vos besoins... et écoutez les siens.
Si ses chaussettes traînent partout dans la maison, peut-être est-ce parce qu'il est trop fatigant pour lui de les mettre dans le panier à linge au premier étage alors qu'il a besoin de détente... Prévoyez alors un panier dans l'entrée, qu'il devra vider une fois par semaine. Votre besoin d'ordre sera respecté, comme son besoin de tranquillité. Et s'il doit partager sa chambre avec un frère ou une sœur, faites en sorte qu'il se crée son coin à lui, en bricolant une séparation avec des rideaux par exemple. Demandez que cette limite soit respectée pour que chacun ait son intimité.

Des idées pour adoucir le quotidien

Voici quelques idées pour que votre adolescent apprivoise ce corps, si familier et pourtant encore méconnu.

* Être à l'écoute de soi

Le corps envoie des signaux de plaisir lorsqu'il vit des événements agréables. Il est probable que votre enfant n'en ait pas encore une perception très claire puisqu'il est en plein apprentissage. Rappelez-lui que ses sens sont porteurs de messages au cerveau. Nous pouvons avoir des frissons devant un beau coucher de soleil, en gagnant une partie de Minecraft ou en goûtant un nouveau plat. En se reconnectant à ses sensations, votre ado deviendra un explorateur de lui-même.

Le soir, avant le coucher, proposez-lui de faire un scan corporel pour prendre conscience de ce qu'il ressent. Il commence par le sommet du crâne, et descend petit à petit jusqu'à la pointe des pieds. Alors qu'il respire lentement et amplement, il observe là où ça coince, là où ça tire, là où ça étouffe, sans juger ces manifestations physiques. Vous pouvez le faire ensemble ou le laisser tranquillement seul dans sa chambre.

Pour prendre conscience de son corps et des sensations qu'il lui procure, voici une dernière expérience. Debout, allongé ou assis, votre enfant va, sur l'inspiration, contracter tout son corps en remontant ses épaules vers ses oreilles. Sur l'expiration, il va le relâcher entièrement en laissant tomber son buste vers l'avant. Cet exercice est pratiqué par les chanteurs, les comédiens et les sportifs...

* Favoriser le sommeil

Prendre soin de son environnement de sommeil peut aider à la qualité de ce dernier. Une chambre fraîche, sombre et calme favorise de belles nuits. Proposez à votre ado de s'occuper de son environnement ; il peut le faire à sa façon, mais il doit le faire. S'il se sent fatigué la journée, il peut s'offrir une sieste. James Maas, psychologue américain, conseille de fermer les yeux pendant 10 à 20 minutes, pour se redonner de l'énergie sans tomber dans le sommeil profond. Le peintre Salvador Dalí avait sa technique pour respecter son rythme biologique : il s'installait dans un fauteuil, glissait un trousseau de clés au niveau de la deuxième phalange de l'annulaire ou du majeur, et laissait ses bras ballants de part et d'autre du fauteuil. Son corps se détendait, le sommeil l'envahissait... et les clés tombaient ! Il était temps pour lui de se réveiller. Essayez cette astuce et parlez-en à votre ado !

Enfin, n'oubliez pas qu'il doit se ménager. En fait-il un peu trop ? A-t-il assez de temps pour à la fois se reposer, s'amuser et travailler ? S'il a du mal à dormir parce qu'il a trop de choses en tête, il peut tenir un journal ou faire des listes. En écrivant noir sur blanc ce qui le tracasse, il s'en libère avant de dormir et se sentira moins inquiet ou stressé. Il peut aussi garder son carnet près du lit pour noter ses idées nocturnes.

✳ S'informer sur la sexualité

Le web permet à chacun de s'exprimer, et certains jeunes ont un vrai talent pour parler des sujets les plus intimes et les plus sensibles. Voici une liste de comptes ou de sites que votre ado peut consulter les yeux fermés : la chaîne YouTube « Et tout le monde s'en fout », les podcasts « Entre nos lèvres » ou « Les couilles sur la table », ou les comptes Instagram du planning familial « Le Planning », de « Fil Santé Jeunes » ou de « Jouissance club ». Ils regorgent de bons conseils.
Partager ces liens avec votre ado vous permettra au passage de lui rappeler que vous restez disponible pour répondre à ses questions. Il peut aussi parler à un spécialiste : sur le site Internet www.filsantejeunes.com, votre enfant trouvera un professionnel de l'écoute, qu'il peut aussi appeler au numéro vert anonyme et gratuit 0800 23 52 36.

✳ Bien se nourrir

Nous prenons de plus en plus nos repas à l'extérieur, et les adolescents n'échappent pas à la tendance. Le problème, c'est que beaucoup des aliments consommés dans les restaurants sont riches en matières grasses et en calories, surtout dans les fast-foods.
Pour intéresser votre adolescent à la cuisine maison, profitez du week-end pour cuisiner en famille un repas qu'il aura choisi. Achetez des produits de qualité et créez ensemble ce repas. Le cheeseburger du McDo n'aura aucune chance face à votre burger maison. Tâchez ainsi de le sensibiliser aux goûts des aliments, aux saveurs. Son palais saura faire la différence entre la nourriture du fast-food et la slow food ! Pensez aussi à préparer des collations pour la semaine : cela lui évitera de passer à la boulangerie en rentrant.

Un shoot d'oméga-3 et de dopamine
Pour faire le plein d'oméga-3 (excellent pour la santé) et de dopamine (excellent pour le moral) en se régalant, voici une recette à essayer avec vos ados : le pistou 100 % bonheur.
Ingrédients : 200 g de sardines à l'huile, 1 cuillère à soupe de graines de courge, une poignée de pousses d'épinards, ½ bouquet de persil, 2 gousses d'ail, le jus d'un demi-citron, du sel, du poivre et une pincée de piment d'Espelette.
Durée : 15 minutes
Recette : versez dans un mixeur l'ensemble des ingrédients, en commençant par l'huile de la boîte de sardines ; mixez le tout, puis ajustez l'assaisonnement à votre goût avec le citron et le piment d'Espelette. Servez le tout avec des tomates crues ou du pain complet grillé.

WARNING
Quand s'inquiéter ?

Tous les adolescents se soucient de leur apparence. Certains, cependant, sont obnubilés par leur poids. Et s'il s'agissait d'un trouble de l'alimentation ? Restez vigilant sur les points suivants…

- → **Une image déformée du corps :** son apparence a beau être parfaitement normale, l'adolescent atteint d'un trouble de l'alimentation voit dans son miroir une personne complètement différente. La perception qu'il a de sa propre image est faussée. Sa famille ou ses amis font souvent tout pour le rassurer, mais rien ne parvient à modifier son regard.
- → **Une obsession de l'apparence :** les jeunes qui développent un trouble de l'alimentation sont obsédés par leur image, comme si elle représentait leur valeur. Tandis que d'autres construisent leur identité autour de leurs centres d'intérêt et de leurs réussites, ces adolescents voient leurs émotions et leur vie tourner autour de la nourriture et de l'apparence.
- → **Un régime excessif :** l'anorexie, le trouble de l'alimentation le plus courant, est un affamement que l'adolescent s'impose à lui-même. Les filles en souffrent plus que les garçons, de même que les sportifs, les perfectionnistes et les jeunes particulièrement doués dans un domaine.
- → **Une suralimentation :** les jeunes atteints de boulimie, l'autre trouble de l'alimentation le plus courant, se cachent souvent pour vivre ces épisodes, où ils abusent sciemment

de nourriture. Ils disent être incapables de se raisonner dans ces moments-là, et les décrivent comme des « expériences extracorporelles ». Pour compenser, certains se font vomir après coup, ou s'imposent une diète sévère.

Si vous avez le moindre doute, contactez un médecin. Parallèlement, tâchez d'établir des habitudes alimentaires saines, préparez des repas équilibrés et partagez-les en famille. Mieux vaut aussi éviter de qualifier les aliments de « bons » ou de « mauvais » pour vous concentrer sur les aspects positifs de l'alimentation. Et n'oubliez pas, le corps vit mal les critiques. Que nous soyons adulte, ado ou enfant, l'humour est difficile à comprendre quand il s'agit du corps !

LES ÉMOTIONS

Le point de vue d'Imad

Alors qu'Imad est au seuil de son adolescence, je le rencontre dans mon cabinet. Je lui demande ce qui l'amène à moi ce jour-là.

Ma mère, elle se fait beaucoup de souci pour moi. Elle pense que je m'isole et que je n'aime pas vraiment les autres. En plus, elle ne me trouve pas très sympa avec eux, mes parents. Je crois qu'elle a peur que je m'enferme dans quelque chose de morbide, de noir. C'est vrai, je ne comprends pas tout chez l'autre, chez les autres. Parfois, je ne comprends pas leurs réactions. Comment peuvent-ils avoir autant d'idées arrêtées sur les choses, le monde ? Du coup, je m'ennuie beaucoup. À l'école, je m'ennuie. Ils nous prennent tous pour des débiles... Et puis, les gens de mon âge m'ennuient. Tout est trop superficiel et sans profondeur. C'est vrai, parfois je me demande franchement ce que ce monde peut m'apporter. Alors je rêve. Je rêve d'un monde nouveau, réinventé... Chacun pourrait avoir une place, serait plus ouvert, et de cette ouverture pourraient naître des liens plus forts entre les gens, des liens plus vrais. Il y aurait des règles très différentes aussi dans ce nouveau pays. Il n'y en aurait qu'une, d'ailleurs : réfléchir au moins 24 heures avant de faire une action. Tout serait permis, mais il faudrait attendre une journée, pour avoir du recul. Dans ce pays imaginé, jamais personne n'enfreindrait cette règle et jamais personne ne manquerait de respect à une autre personne. Chacun serait complémentaire, puisque la vie serait dépendante du collectif. Il y aurait une conscience de soi et un respect des autres et de leurs différences... Ce monde-là serait plus doux pour moi. Le monde dans lequel je vis est trop violent et incompréhensible.

Imad a envie de comprendre ce qui le traverse, ces vagues de joie, de désespoir, de remise en question, qui parfois l'empêchent de dormir. Nous organisons ensemble une rencontre amicale avec ses émotions.

Accès de colère, peurs démesurées, élans de tristesse, mais aussi surexcitation et sensations de joie intense, la vie émotionnelle de votre adolescent est riche et troublante. Comment composer avec ses états d'âme ?

Que fait-on de ces mouvements qui traversent notre corps, puis disparaissent ? Les émotions sont-elles vraiment utiles ? Devons-nous les gérer (comme des finances) ou plutôt les apprivoiser ? Nous les qualifions aisément de positives ou de négatives, alors que toutes sont nécessaires pour vivre et se développer. Certaines sont plus confortables que d'autres, je vous l'accorde, mais c'est la manière dont nous les abordons, dont nous les accueillons, qui est positive ou négative. Alors, comment pouvons-nous nous réconcilier avec nos émotions, même les plus inconfortables, afin d'entendre ce qu'elles ont à nous dire ?

Commençons par les ressentir dans notre corps : un nœud dans la gorge, un poids sur la poitrine, une boule au ventre ou des petits frissons de joie dans le dos… Ensuite, nous pouvons les reconnaître, les nommer, leur donner le bon nom. Enfin, nous pouvons exprimer ce que nous éprouvons (en pleurant, en criant, en courant ou en tapant dans un coussin !) pour nous en libérer, pour les laisser nous traverser, pour leur permettre de nous transmettre leur message. Sinon, elles s'amplifient, jusqu'à prendre toute la place, pour qu'enfin nous leur donnions notre attention.

Votre ado ressent tout cela… en plus intense ! Observez vos ressentis émotionnels et multipliez-les par cent (au moins). Les portes claquent, les larmes coulent, dans des proportions qui peuvent, à votre tour, vous faire craindre le pire ou voir rouge. C'est la tempête, le tsunami, la folie ! Et ce sera ainsi jusqu'à ses 25 ans. À l'adolescence, un décalage temporel de développement entre plusieurs zones cérébrales explique ce trop-plein d'émotions. Plus tard, les émotions « s'apaisent » un peu, ou, plus exactement, le cerveau « s'équilibre ».

Vous paniquez ? Respirez, tout va bien se passer. Comment ? Là, tout de suite, inspirez pendant 5 secondes par le nez, expirez pendant 5 secondes par la bouche, et renouvelez l'opération à cinq reprises. Quand vous vous sentirez déstabilisé, cette respiration vous aidera à retrouver l'équilibre…

Ce que les ados disent

À l'intérieur, c'est les montagnes russes, du grand n'importe quoi !

C'est plus fort que moi...

J'ai l'impression d'être seul à ressentir ça.

Pour mes parents, c'est insupportable ! Ils voudraient que ça s'arrête...

Parfois, je me sens comme enfermé, je n'peux même plus bouger...

Je ne comprends même pas ce qui m'arrive, tout paraît dramatique ou intense.

Quelquefois, ça monte sans que je m'en rende compte. C'est épuisant.

Ce que les parents en pensent

Une émotion, ça se gère !

Ça ne se fait pas de se mettre en rage comme ça !

S'il pleure, c'est qu'il est dépressif...

Écouter ses émotions, c'est être faible.

Émotionnellement, mon ado est impossible à canaliser !

Il se met en colère ou a peur pour rien.

Et vous ? Qu'en pensez-vous ?

Complétez cette liste avec vos propres croyances.

Maintenant, je vous propose d'en parler autour de vous. Échangez avec votre conjoint, vos amis, d'autres parents. Faites danser votre esprit critique et votre sens de l'écoute. Même si cela vous paraît étonnant, expérimentez. Le partage permet de prendre du recul, d'élargir son point de vue et de sortir de certaines situations quand elles semblent dans l'impasse. Il se pourrait que vous appreniez des tas de choses et que vous vous sentiez moins seul...

Ce que dit la théorie

Une réaction passagère

Qu'est-ce qu'une émotion ? Wikipédia en donne une définition claire et simple : « Le terme émotion vient du verbe se mouvoir, se mettre en mouvement. » Une émotion est donc un mouvement, une réaction physiologique et psychique à un événement perçu par nos sens, puis interprété par nos soins. Quel événement ? N'importe lequel ! Par exemple, vous venez de voir votre fille claquer la porte de sa chambre ; vous interprétez son geste comme un accès d'humeur (vous n'imaginez pas que la porte ait pu claquer par accident, ce qui est pourtant possible), alors vous réagissez en vous disant « Je n'en peux plus, elle me fatigue avec ses humeurs ! », ce qui ne manque pas de faire naître en vous une émotion, en occurrence la colère. Si vous aviez passé une merveilleuse journée, vous auriez certainement interprété cet événement autrement. Mais là, vous êtes épuisé et votre agacement est à son comble. Et si nous faisions un arrêt sur image avant de poursuivre cette histoire un peu plus loin ?
Essayons de comprendre ce qui se passe. Si nous prêtons un peu d'attention à notre émotion, nous constatons que quelque chose

bouleverse notre corps avant même que l'information parvienne à notre cerveau : la gorge est serrée, le cœur palpite, le ventre se noue... C'est ensuite, très rapidement mais ensuite seulement, que notre pensée entre en scène : nous analysons. Nos productions cognitives prennent le relais et vont alimenter nos manifestations corporelles ou les calmer.
Par nature, une émotion ne fait que passer. Généralement, sa durée de vie est comprise entre quelques secondes et quelques heures. Elle nous traverse afin de nous donner un message et nous dire de quoi nous avons besoin, ou elle s'éternise. Cela dépend de nos pensées. Ici, deux options se présentent à nous.

→ **Nous pouvons nier notre émotion, ne pas l'écouter, essayer de nous en débarrasser parce que « ça ne se fait pas de donner de l'attention à notre émotion ».**
Il se pourrait que cette option laisse votre peur, votre joie ou votre tristesse quelque part, dans votre corps ou dans votre tête. Tranquillement mais insidieusement, elle pourrait s'installer, prendre de plus en plus de place et resurgir à un tout autre moment, qui surprendra tout le monde, vous y compris. Évidemment, c'est une option ! Qui peut vous convenir, ou pas.

→ **Regarder en face notre émotion est une autre option.**
Nous pouvons en effet la regarder dans les yeux sans la juger, lui donner ce dont elle a besoin, c'est-à-dire de l'attention sans aucune forme de jugement, sans considérer que c'est bien ou mal. En agissant ainsi, nous permettons à notre émotion d'exister, de nous traverser, puis à nos manifestations physiques de se calmer, et enfin à notre besoin d'émerger.

Je vous laisse le choix de votre option favorite. Vous pouvez en changer quand vous le souhaitez. En cas d'intérêt certain pour la seconde option, je vous donne rendez-vous un peu plus loin pour la pratique.

Une foule d'émotions

Le psychologue américain Paul Ekman a identifié six émotions fondamentales : la peur, le dégoût, la joie, la colère, la tristesse et la surprise. Il arrive que nous éprouvions un mélange d'émotions qu'il qualifie alors d'émotions complexes. Apprendre à nommer nos émotions et élargir notre vocabulaire émotionnel est un pas vers leur acceptation et leur régulation.

La palette des émotions est en effet très grande. La liste proposée ci-dessous peut vous servir d'aide et d'inspiration. Considérez cette liste comme un traducteur : demandez à votre ado de traduire « j'ai le seum », par exemple, ou « c'est cool » en cochant une ou plusieurs cases. Essayez vous-même, car avoir un vocabulaire émotionnel riche en nuances vous permettra de vous laisser traverser plus rapidement. Lorsque l'expression est juste, nous pouvons pleurer, rire, soupirer… et laisser notre corps se relâcher.

Selon Paul Ekman, une émotion peut être agréable ou désagréable, mais elle est toujours bénéfique tant qu'elle ne nous envahit pas. C'est, en effet, la manière dont nous faisons face à cette émotion, notre réaction, qui peut avoir une conséquence positive ou négative sur notre comportement, et non l'émotion en elle-même. Celle-ci venant révéler ce dont nous avons besoin, elle ne peut être que bénéfique. Nos émotions sont les véhicules des besoins que nous n'avons pas (ou que mal) identifiés ou que nous n'avons pas (ou que peu) exprimés.

QUELQUES SENTIMENTS

CONTENT

- Heureux
- Excité
- Joyeux
- Satisfait
- Ravi
- Plein de courage
- Reconnaissant
- Confiant
- Inspiré
- Soulagé
- Rassuré

- Touché
- Épanoui
- Gonflé à bloc
- Fier

GAI
- Enjoué
- Energétisé
- Revigoré
- Enthousiaste
- Plein d'entrain
- Rafraîchi
- Stimulé
- D'humeur espiègle
- Plein de vie
- Vivifié
- Exubérant
- Étourdi
- Aventureux
- Émoustillé
- Pétillant

EN PAIX
- Tranquille
- Calme
- Paisible
- Absorbé
- Content
- Concentré
- En expansion
- En confiance
- Serein
- Satisfait
- Détendu
- Relaxé
- Centré
- Béat
- Zen

PLEIN D'AMOUR
- Chaud
- Amical
- Sensible
- Plein d'affection
- Rempli de tendresse
- Plein d'appréciation
- Plein de compassion
- Reconnaissant
- Nourri
- En expansion
- Ouvert
- Amoureux
- Émerveillé
- Proche
- Plein de gratitude

CONFUS
- Perplexe
- Hésitant
- Troublé
- Inconfortable
- Embrouillé
- Tiraillé
- Partagé
- Déchiré
- Embarrassé
- Embêté
- Mal à l'aise
- Frustré
- Méfiant
- Bloqué
- Agité

FATIGUÉ

- Épuisé
- Inerte
- Léthargique
- Indifférent
- Ramolli
- Las
- Dépassé
- Impuissant
- Lourd
- Endormi
- Saturé
- Sans élan
- Rompu

APEURÉ

- Craintif
- Alarmé
- Anxieux
- Tendu
- Sous pression
- Sur ses gardes
- Qui a la trouille
- Effrayé
- Terrifié
- Terrorisé
- Épouvanté
- Paniqué
- Horrifié
- Angoissé
- Bloqué

TRISTE

- Découragé
- En détresse
- Déprimé
- D'humeur noire
- Consterné
- Démoralisé
- Désespéré
- Seul
- Impuissant
- Sur la réserve
- Mécontent
- Malheureux
- Blessé
- Abattu
- Débordé

FÂCHÉ

- En colère
- Enragé
- Exaspéré
- Fou furieux
- Hors de soi
- Agacé
- Contrarié
- Nerveux
- Irrité
- Qui en a marre
- Amer
- Pessimiste
- Plein de ressentiment
- Dégoûté
- Ecoeuré

ET ENCORE

- Fragile
- Vulnérable
- Démuni
- Surpris
- Étonné

- Décontenancé
- Ébahi
- Sidéré
- Ahuri
- Curieux
- Intrigué
- Intéressé
- Impatient…

Un savoir intérieur

L'enjeu est donc de vivre ce mouvement sans qu'il cause trop de dégâts, à l'intérieur comme à l'extérieur, et de l'observer pour comprendre ce qu'il a à nous dire sur nous ! Mais pourquoi ferions-nous cela ? Pourquoi donner de l'importance à un mouvement corporel, puis cérébral, qui ne nous attire que déshonneur et dérapages socialement inacceptables ? Pourquoi changer cette habitude ?

Simplement parce que nos émotions font partie de notre mode de fonctionnement. Elles sont pleinement impliquées dans notre processus de réflexion et d'appréhension du monde. Contrairement à ce qui nous a été communément inculqué à coups de « Sois raisonnable », « Prends sur toi » ou « Arrête de pleurer », des injonctions qui prétendent que nos émotions nuiraient à notre raisonnement, chacune de nos décisions répond à l'appel de nos émotions. Sans nos émotions, nous ne saurions quoi choisir, quoi faire. Le spécialiste des neurosciences António Damásio l'explique parfaitement dans son superbe livre *l'Erreur de Descartes ; la raison des émotions* : celles-ci sont « intelligentes ».

Dans le même sens, se développe dans les années 1990 le concept d'intelligence émotionnelle. Selon les psychologues John Mayer et Peter Salovey, il repose sur « l'habileté à percevoir et à exprimer les émotions, à les intégrer pour faciliter la pensée, à comprendre et à raisonner avec les émotions, ainsi qu'à réguler les émotions chez soi et chez les autres ».

À la même époque, le psychologue américain Daniel Goleman popularise ce concept dans un ouvrage de référence, *l'Intelligence émotionnelle,* qui permet de comprendre le rôle de nos émotions, leurs relations avec notre cerveau et nos comportements

Tableau des émotions (version ado)

sociaux. S'appuyant sur les recherches de Mayer et Salovey, il met en évidence l'idée selon laquelle les personnes pourvues d'une grande intelligence émotionnelle sont socialement plus à l'aise et donc plus efficaces. Les émotions font en effet partie des quatre types d'opérations mentales, à savoir : la motivation, les cognitions, la conscience et les émotions !

Les ignorer, c'est un peu comme se couper d'une partie de nos capacités, car l'animal social que nous sommes réagit en fonction d'une partie de son cerveau, le limbique (centre de la gestion de nos émotions), qui régule notamment les interactions sociales. Nous vivons en groupe et survivons grâce à nos semblables. C'est notre destin. Or, vivre en groupe nécessite de prendre en compte l'autre. Nos émotions représentent notre baromètre : elles nous permettent d'avoir conscience de nos limites et de les exprimer, donc de les réguler et de vivre plus en harmonie avec notre environnement. Nous devenons plus « écologiques », avec nous-mêmes comme avec ce et ceux qui nous entourent.

Comment s'adapter à la situation ?

Avant d'envisager de réguler l'expression de nos émotions, il est fondamental d'avoir conscience de celles-ci, de notre vécu émotionnel. Je vous invite à faire ce petit pas de côté, qui permet d'arrêter le mode « pilotage automatique » pour reconnaître ce que l'on perçoit de soi et de son entourage ou de son environnement. Il s'agit de répondre au lieu de réagir. Prendre conscience de son ressenti permet d'y répondre de façon plus consciente et respectueuse.

Exercice

Quelle relation entretenez-vous avec vos émotions ?

Vous pouvez faire un point sur vos compétences émotionnelles en observant la manière dont vous identifiez, exprimez, comprenez, utilisez et régulez vos émotions et celles d'autrui. Moïra

Mikolajczak, docteur en psychologie à l'université catholique de Louvain, propose à cet effet de répondre à quelques questions.

→ **Identifier**

Suis-je capable d'identifier mes émotions ?
Suis-je capable d'identifier les émotions des autres ?

→ **Comprendre**

Est-ce que je comprends les causes et les conséquences de mes émotions ?
Est-ce que je comprends les causes et les conséquences des émotions des autres ?

→ **Exprimer**

Est-ce que je sais exprimer mes émotions de façon socialement adaptée ?
Est-ce que je permets aux autres d'exprimer leurs émotions ?

→ **Réguler**

Suis-je capable de réguler l'intensité de mes émotions ?
Suis-je capable d'aider les autres à réguler l'intensité de leurs émotions ?

→ **Utiliser**

Est-ce que j'utilise mes émotions pour réguler mes actions et prendre mes décisions ?
Est-ce que j'utilise les émotions des autres pour réguler mes actions et prendre mes décisions ?

Prenez le temps de vous observer, de faire le point, pour prendre conscience de la relation que vous entretenez avec vos émotions. Laissez tout jugement à la porte. Vous êtes ici pour apprendre des tas de choses sur votre ado, sur vous-même et sur votre relation à tous deux. Ce livre est votre laboratoire : faites l'expérience, testez, quand vous le souhaitez et à votre rythme.

Quand je propose aux parents d'Imad de tenter l'expérience, ils font d'abord un pas en arrière : ils n'ont pas du tout envie de parler de leurs émotions, ni de leur donner trop de place ou d'importance. Cependant, ils se prêtent au jeu, à leur façon, et comprennent vite qu'ils n'entretiennent aucune relation ou presque avec leurs ressentis, car on leur a appris que cela ne se fait pas ! Alors, évidemment, les angoisses de leur fils sont pour eux intolérables, et surtout très alarmantes : « Il pleurait tellement que je pensais qu'il pouvait avoir des pensées morbides, me raconte son père. J'étais paniqué. » Réconcilié avec ses propres émotions, il peut désormais parler de celles d'Imad, et lui permettre à son tour de les exprimer.

Écoutez vos ressentis

Que vous soyez ou non doté d'une sensibilité émotionnelle à toute épreuve, y compris l'épreuve de l'adolescence, il vous arrive, comme à chacun, de subir l'« effet cocotte-minute ». Imaginez une tasse. Cette tasse, c'est votre tasse à émotions désagréables. Vous commencez votre journée en croisant la voisine, qui ne vous tient pas la porte. Ça vous agace, mais vous jetez un mouchoir sur votre colère. Un peu plus tard, votre collègue ne vous donne pas l'info fondamentale pour boucler votre rapport, et votre $n + 1$ vous fait une remarque. Vous ne dites rien, vous ravalez votre émotion… et votre tasse se remplit. Le soir, vous rentrez chez vous et votre ado claque la porte de sa chambre (souvenez-vous de notre histoire, car c'en est la suite). Vous prenez sur vous et muselez votre agacement. Pendant le dîner, votre petit dernier fait tomber sa fourchette… et là, c'est l'explosion. Une goutte d'eau a fait déborder le vase, ou plutôt votre tasse, et tout le monde en prend pour son grade. Votre entourage est bouche bée, figé par la puissance de la décharge émotionnelle, stupéfait du décalage entre son intensité et ce qui l'a déclenchée : la fourchette tombée par terre.

Votre tasse était pleine, il vous fallait procéder à une vidange. Dans l'urgence, le repas familial semblait un moment propice…

Enfin, presque, parce que les dégâts sur les murs de la cuisine sont maintenant difficiles à nettoyer. Vous allez devoir consacrer du temps et de l'énergie pour lessiver tout ça, alors que si vous aviez dit quelque chose à votre voisine, à votre collègue, à votre *n* + 1 ou à votre ado, ce n'aurait pas été agréable, mais ça aurait été moins violent.

Vous qui venez de vivre une crise, rassurez-vous : cela arrive aux meilleurs d'entre nous. Seulement, vous auriez pu l'éviter. Votre cortex préfrontal est parfaitement mature, et vous avez, en principe et en temps normal, une belle capacité de recul... sauf quand vous n'écoutez pas vos émotions ou, pire, quand vous ne les respectez pas. Alors imaginez ce qui se passe chez votre ado, qui ne bénéficie pas de cette maturité cérébrale, comme nous le verrons bientôt. Pour anticiper le court-circuit, et donc l'effet cocotte-minute, je vous invite à prendre soin de vous en identifiant vos boutons à émotions. Qu'est-ce qui vous fait craquer ? Le manque d'attention, d'écoute, de reconnaissance, de liberté, de respect ? Il va vous falloir apprendre à les identifier et à les exprimer. Cependant, quand je vous propose de les exprimer, je ne vous invite évidemment pas à hurler de bon matin sur la voisine qui ne vous a pas tenu la porte, car elle était peut-être simplement mal réveillée. Il s'agit plutôt d'écouter votre émotion pour répondre, certes, mais le faire de manière respectueuse vis-à-vis de vous et vis-à-vis de l'autre. Très souvent, reconnaître ce que l'on ressent suffit. Par exemple, vous pourriez vous dire « Tiens, ma voisine ne m'a pas tenu la porte et ça me heurte parce que ça vient titiller mon besoin de respect. » Vous pourriez vous dire aussi qu'il n'est peut-être pas utile d'exprimer votre besoin de respect à la voisine, mais en prendre vous-même soin : comment pouvez-vous répondre à ce besoin sur le moment ? Où pouvez-vous trouver du respect ? Auprès de qui et comment ? Vous pouvez aussi expérimenter ce qu'on appelle la réévaluation cognitive et agir sur vos pensées. Puisque vous ne savez pas vraiment ce qui se passe dans la vie de votre voisine et que vous ignorez la raison pour laquelle elle ne vous a pas tenu la porte, peut-être qu'à la place de « Elle ne me tient pas la porte, quel manque de respect ! », vous pourriez vous dire « Elle ne me tient pas la porte, elle doit être dans son monde, absorbée dans ses pensées, ou simplement encore endormie... » La réévaluation cognitive permet de changer de lunettes : il s'agit d'un exercice de pensée volontaire pour voir la situation autrement, de manière plus positive.

Si, malgré tout, vous vous sentez submergé, que vous avez du mal à prendre du recul, je vous invite, où que vous soyez, debout dans le métro ou assis à votre bureau, à poser une main sur l'arrière du crâne, la seconde sur le front, puis à fermer les yeux ou à fixer un point devant vous et à prendre le temps de respirer. C'est ce que je connais de mieux pour se libérer du stress ou d'un trop-plein émotionnel !

Chacun peut en effet choisir la manière dont il va réagir après avoir écouté son émotion plutôt que de réagir sous le coup de ladite émotion. En ignorant notre bouleversement intérieur, nous augmentons notre ingérence réactionnelle. En l'accueillant, nous pouvons décider de notre comportement. C'est ce que je vous invite à faire pour vous et pour votre ado : vous responsabiliser de vos propres émotions vous permettra de respecter les siennes, et d'y survivre !

Il est important, le plus souvent possible, de prendre la température de votre état émotionnel. Vous ne pouvez pas prendre soin de la relation si vous êtes bouleversé, sidéré, etc. Il vous faut d'abord prendre en charge cet inconfort passager pour ensuite aller à la rencontre de l'autre et accueillir ses émotions. Il s'agit donc de s'écouter pour mieux écouter l'autre.

L'idée, avec les ados, c'est d'essayer de les comprendre. Les comprendre ne veut pas dire tout tolérer, mais simplement reconnaître ce qui les traverse, ce qui se passe à l'intérieur, pour leur permettre d'accepter leur état émotionnel en dents de scie. C'est ainsi que vous serez en mesure de les accompagner dans leur prise de recul.

Ce qui se passe en lui

Un recul encore en développement

Quelques explications peuvent être nécessaires pour vous aider à conserver votre patience et votre sérénité. Notre cerveau limbique, celui qui traite les émotions, entre autres, est mature bien plus tôt que la partie de notre cerveau qui s'occupe de planifier et d'organiser. Entre 12 et 25 ans, il existe un décalage entre nos émotions et notre capacité à prendre du recul. Nous n'avons guère conscience des conséquences de nos actes. « Je fonce et je réfléchis après, éventuellement, si j'ai le temps ! » : voilà ce que se dit votre ado, sans se le dire, évidemment. C'est le signal que lui envoie au quotidien son cerveau. Ses actes vous paraissent dénués de bon sens ? Ses réactions vous semblent démesurées ? Il ne fait pas exprès, il en est là, dans son stade de développement. Quand l'émotion s'invite en lui, elle est omniprésente, et sa capacité à prendre du recul se réduit à peau de chagrin. Cela peut expliquer son goût prononcé pour les comportements à risque et autres défis : il est quasi incapable d'anticiper les conséquences. Rassurez-vous, la maturation de son cerveau se poursuit. Les débordements émotionnels seront bientôt de l'histoire ancienne. Alors, quand il rentre à la maison avec le syndrome de « la tronche en biais », c'est-à-dire quand son émotion se voit comme le nez au milieu de la figure, n'essayez même pas de vous adresser à la partie « prise de recul » de son cerveau. Elle est sur off. Je vous invite plutôt à laisser de l'espace à sa colère ou à son excitation, pour lui permettre de l'identifier, de l'exprimer, de la comprendre, de l'utiliser et, éventuellement, de la réguler. À son rythme.

De quoi a-t-il besoin ?

✳ Il a besoin de vider son sac

Comme vous, votre ado possède une tasse, ou une coupe, un sac, un vase… Il est important qu'il prenne conscience de l'existence de ce récipient, qui parfois peut déborder. Lui apprendre à reconnaître où il en est, côté remplissage, est un joli cadeau que vous pouvez lui faire. À l'adolescence, construire une relation saine avec ses émotions, c'est-à-dire y porter de l'attention, en prendre conscience et les réguler, est un apprentissage fondamental pour le bien-être de l'adulte qu'on devient.

Expliquez-lui aussi que les montagnes russes émotionnelles qui le traversent font partie de l'expérience. Rien n'est anormal, ou bizarre. Mieux vaut accepter ce tsunami qui, comme une vague, passe. C'est vrai, la période de l'adolescence est riche en expériences émotionnelles : il y a les premières amours, et puis les désillusions, les chagrins ; les sentiments d'appartenance au groupe, mais aussi de rejet ; ce corps qui change sans cesse ; cette identité difficile à définir... Les émotions trouvent ici un terrain de jeu parfait !

Cependant, s'il a parfaitement le droit de s'emporter, votre enfant n'est pas pour autant autorisé à déverser ses ressentis sans prendre en compte la personne qui est devant lui ! Prendre conscience de ses émotions et apprendre à les réguler est une compétence que votre ado peut acquérir. Soyez son guide, son exemple, aidez-le à se montrer attentif à ce qu'il vit, en accueillant ses émotions et en le questionnant. Plutôt que lui dire « Ce que tu es soupe au lait ! » ou « Arrête un peu de pleurer ! », essayez : « Qu'est-ce qu'il y a derrière tes larmes ? », « Sais-tu d'où vient ta colère ? », « Pourquoi tu penses que tu n'es pas capable ? » ou « Et si les choses étaient différentes, comment réagirais-tu ? » Le questionnement est votre plus bel atout, un questionnement curieux sans être intrusif, un questionnement qui n'appelle pas nécessairement de réponse, mais qui invite à la prise de conscience, donc de recul.

Imad, lui, ne supporte pas ses vagues à l'âme. Il culpabilise de ressentir toute cette tristesse, toute cette mélancolie, car elles sont « trop douloureuses, inconfortables », et pas « socialement acceptables ». « On aime les gens joyeux », dit-il. Ses parents apprennent à accueillir ses ressentis, ses mouvements, et à lui dire : « Imad, si tu as besoin d'en parler ou juste de notre présence, nous sommes là. » Ils deviennent attentifs aux émotions de leur fils et l'autorisent désormais à en prendre soin, sans juger.

Pour que votre enfant vide son sac, vous tendrez une oreille attentive, libérerez de l'espace pour la communication. Il peut être d'accord pour vous parler, ou préférer s'exprimer ailleurs,

auprès d'une autre personne. Ne le prenez pas mal, et encore moins contre vous : s'il choisit un ami, son autre parent, un frère ou une sœur, il le fait pour lui.
Votre ado peut aussi vouloir s'exprimer à l'écrit, en noircissant un journal — que vous ne devrez jamais, jamais ouvrir ; si vous êtes tenté de le faire un jour, demandez-vous pourquoi... —, ou grâce à la musique : du rock pour se décharger, une chanson triste pour pleurer, des mélodies plus calmes pour s'apaiser. Tout ce qui lui permettra de libérer à l'extérieur ce qui le chamboule à l'intérieur est bon à prendre.
Enfin, vous pouvez lui suggérer de s'appuyer sur son corps (c'est là que naissent les émotions, rappelez-vous). Prendre un bain, aller courir ou taper dans un ballon pour se détendre ou se défouler peuvent être de bons remèdes au vague à l'âme !

✳ Il a besoin d'identifier ses boutons à émotions

Les boutons sont donc les éléments déclencheurs d'une émotion. Certains événements, des situations, des mots ou des silences, des gestes, des comportements, etc., nous font partir au quart de tour. Apprendre à les identifier et les communiquer est une question de responsabilité. Chacun est responsable de ses propres boutons à émotions.
De votre côté, repensez à votre vie au quotidien et identifiez ce qu'il fait ou dit qui vous dérange, vous agace, vous chagrine, vous fait peur. Ces boutons sont finalement plutôt faciles à identifier. Exprimez-les. Vous n'avez pas besoin de longues conversations avec votre ado : des discussions régulières lui permettront de prendre l'habitude de communiquer ses ressentis, et vous aussi. Souvenez-vous que lorsqu'il appuie sur le bouton, en claquant la porte de sa chambre par exemple, c'est parce qu'il veut que vous réagissiez. Souvent, c'est parce que son sac est plein et qu'il cherche une occasion de s'en libérer. Proposez-lui d'aller marcher pour en discuter !
De son côté, il peut procéder de la même façon. Invitez-le à prendre la responsabilité de ce qu'il ressent et de la façon dont il réagit. Qu'est-ce qui génère son émotion ? Il a le droit d'être

en colère, ou d'avoir de la peine, et pour autant il a le choix de sa réaction. Il reste aux commandes de la situation.
Vous pouvez aussi lui proposer de pratiquer la réévaluation cognitive, dont nous avons parlé précédemment. Par exemple, le week-end dernier, alors qu'il arrivait à une fête, tous ses copains étaient en train de rire. Son évaluation de l'événement l'a rendu triste, car il a pensé : « Ils se moquent de moi parce que j'arrive en retard. » Que cette interprétation soit juste ou fausse, elle peut déclencher des sentiments de rejet qui s'ajoutent à la tristesse. Résultat, la fête a été un calvaire. En réévaluant la situation, en se disant par exemple « Ils rient parce que quelqu'un a sans doute raconté une blague ou une anecdote », votre enfant voit les choses sous un autre angle, ce qui lui permet de redevenir acteur et responsable de la suite des événements. C'est la clé pour une gestion de crise réussie.

✳ Il a besoin de se connaître

Vous, lui, nous tous finalement ne prenons pas assez le temps de nous connaître. Parce que nous ne prenons pas soin de nous, nous prenons l'habitude de nous débarrasser de ce qui nous est désagréable. Une bonne querelle est alors l'occasion rêvée, d'autant que votre ado sait, à juste titre, que vous l'aimez inconditionnellement. Vous êtes donc à ses yeux la meilleure personne pour recevoir son sac d'émotions inconfortables quand il est trop lourd.
Proposez-lui d'aller marcher et parlez-lui calmement de vos limites, en exprimant vos émotions. La maman d'Imad profite d'une de leurs balades pour expliquer à Imad la difficulté que représentent ses réveils nocturnes pour toute la famille. Elle lui dit être prête à l'écouter, à donner de l'attention à ses peurs, mais qu'il ne peut pas allumer les lumières en pleine nuit lorsqu'il se réveille. Pendant cette promenade, ils trouvent ensemble une solution : Imad pourrait avoir un carnet près de lui avec une lampe de poche pour écrire toutes ses pensées dans la nuit. En parallèle, je l'aide à se sentir en sécurité en pleine nuit en lui apprenant à visualiser une bulle, une sphère dans laquelle il peut se réfugier, se tenir à distance de certaines images.

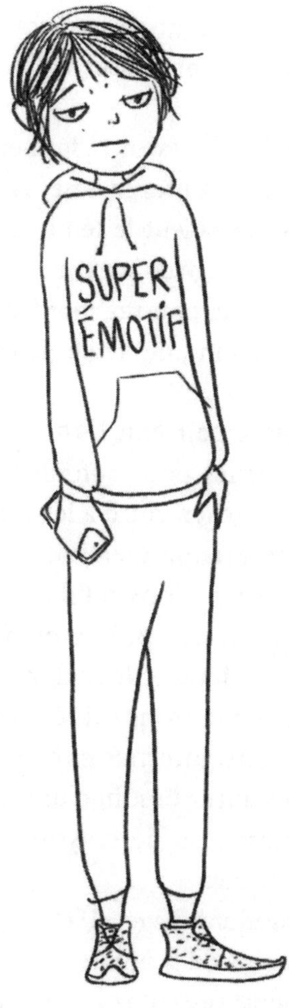

Des idées pour adoucir le quotidien

Si vous êtes débordé, il vous sera difficile de vous mettre à la place de votre ado et de l'accompagner. En cas de claquage de porte intempestif, je vous conseille vivement d'opérer alors deux mouvements :

- calmer le corps pour que le système nerveux sympathique cesse de se suractiver ;

- calmer l'esprit en essayant de prendre du recul pour comprendre, exprimer et utiliser votre émotion.

Pour cela, je vous invite à vous asseoir, à fermer les yeux et à accueillir l'image d'une montagne. Ressentez sa base, sa force, son immobilité, son immuabilité, quels que soient le temps et la saison. Respirez à votre rythme et intégrez l'image de la montagne à votre corps. Quand la tension sera retombée, vous pourrez aborder avec votre ado la question du respect, de vos besoins, des règles familiales… et de la porte.

✳ S'entretenir avec son émotion

Nous avons tous nos trucs pour refouler nos émotions. Nous avons appris à les contourner voire à les étouffer, et avons d'ailleurs fait preuve d'une grande créativité à ce sujet : grignoter, fumer une cigarette, ronger nos ongles, ruminer pendant des heures, fuir devant un écran, prétexter mille choses à faire…
Pour retrouver nos émotions et leur donner l'attention qu'elles méritent — et que nous méritons —, il convient de retrouver le chemin de nos sensations, internes et externes.

Pour cet exercice, vous aurez besoin d'une grande feuille (format A3 ou plus) et de feutres ou de crayons de couleur. Dessinez simplement un bonhomme.

Reprenez la liste des émotions (page 54) et notez à côté de votre bonhomme, dans un des coins de la feuille, les émotions qui vous sont familières, celles que vous ressentez le plus souvent. Choisissez-en une dizaine au maximum. Attribuez à chacune de ces émotions une couleur afin d'établir une sorte de légende, puis coloriez l'endroit de votre corps où se manifeste chacune d'entre elles.

Prenez vraiment le temps de faire cette expérience, déculpabilisez-vous, détendez-vous. Une fois votre dessin terminé, interrogez-vous…

- Quelles émotions sont les plus faciles à ressentir ?
- Quelles émotions sont les plus faciles à exprimer ?
- Quelles émotions sont les plus difficiles à ressentir ?
- Quelles émotions sont les plus difficiles à exprimer ?

Nous pouvons avoir de la facilité à ressentir une émotion dans notre corps, ou pas, et certaines émotions, pourtant faciles à ressentir, sont très difficiles à exprimer. L'idée ici est de faire un état des lieux de votre relation avec vos ressentis.
Évidemment, l'étape suivante sera de proposer cette expérience à votre ado lors d'une discussion sur les émotions. Parlez de votre propre bilan et racontez ce que vous avez appris, mais ne le forcez à rien. Essayez de trouver le bon moment, une belle occasion, mais ne soyez ni invasif ni autoritaire. Vous pourrez vous-même refaire l'exercice quand il décidera de jouer le jeu. C'est un moment de partage de personne à personne.

* Respirer

La respiration est la seule action consciente que nous pouvons faire pour réguler l'émotion d'un point de vue physique, pour ensuite réfléchir, prendre du recul d'un point de vue psychique. En effet, lorsque notre cerveau se met en veille pour laisser toute la place à ce qui nous traverse, notre corps passe en mode « état d'urgence ». Automatiquement, il va préparer ce dernier à survivre en utilisant l'un des trois mécanismes de défense qu'il connaît : la fuite, l'attaque ou la tétanie. Le cerveau ordonne donc au corps de se tenir prêt. Toute notre énergie est envoyée dans nos bras et nos jambes, ces membres qui permettent de fuir, d'attaquer ou de s'immobiliser en attendant que le danger s'éloigne. Les autres parties du corps, de même que nos organes et le cerveau lui-même, sont en sous-régime. C'est la raison pour laquelle nous pouvons avoir la gorge sèche, le ventre noué, les mains moites, le visage rouge ou l'esprit vide !
Calmer le système nerveux sympathique afin qu'il cesse de se suractiver est alors essentiel. Il est temps de respirer ! Oui, mais comment ?

→ Installez-vous confortablement, puis fermez les yeux ou fixez un point devant vous avec une attention flottante.
→ Choisissez de respirer par le nez ou par la bouche, en fonction de ce qui vous semble naturel. Prenez une bonne inspiration volontaire.

- → Suspendez votre respiration quelques instants.
- → Expirez lentement, sans forcer.
- → Continuez à votre rythme sur encore 5 respirations, puis laissez vos yeux s'ouvrir.

Quelles sont vos sensations ? Vos ressentis ? Partagez-les avec votre ado et/ou faites l'expérience avec lui. L'idée ? Que lui aussi connaisse la technique.

* Reconnaître les cas d'urgence émotionnelle

En cas d'urgence émotionnelle (ça fait vingt-cinq fois que vous l'appelez pour dîner), vous devez pouvoir sortir une trousse de secours. Dès que vous sentez que vos sensations corporelles se manifestent avec de plus en plus d'intensité, mettez-vous à l'écoute de ce qui se passe à l'intérieur, dans votre corps. Ça monte...

- Repérez ces manifestations physiques sans les juger, ni réagir.
- Ne cherchez pas à les modifier, ni à les fuir, ni à les conserver, ni même à les faire disparaître.
- Focalisez-vous sur un symptôme (ventre noué, gorge serrée), et faites-en le tour symboliquement.
- Respirez sur votre sensation
- Explorez ainsi chacun de vos symptômes, les uns après les autres

Le calme va revenir et vous pourrez aborder la situation (votre dîner) plus sereinement. Reparlez de votre émotion à distance de celle-ci et évoquez le besoin qu'elle a mis en évidence (un besoin d'attention, d'écoute, de respect...) quand vous vous sentirez capable de l'exprimer de manière constructive. Là encore, n'hésitez pas à partager les bienfaits de cette trousse de secours en famille.

* Exprimer ses émotions

Préparez-vous, car dans cet espace-temps, tout est possible... Il est important, pour le bon déroulé de l'opération, que chacun quitte tout jugement sur soi ou sur l'autre : l'accueil est la clé. En fonction des disponibilités des membres de la famille, créez

un rituel quotidien ou hebdomadaire. Nommez ce rendez-vous comme vous le souhaitez, lors d'un conseil familial.
Prenez des feuilles blanches et des crayons, puis installez-vous tous autour de la table.

→ Chacun va repenser à sa journée ou à sa semaine, et noter tous les moments où il a ressenti une émotion ou un sentiment désagréable.
Par exemple, votre ado peut écrire : « *Ce soir, énervé.* »
→ Ensuite, il faut écrire l'événement ou la situation qui a provoqué cette émotion ou ce sentiment.
« Quand je suis arrivé à la maison, vous m'avez demandé quelle était ma note en maths avant même de me demander comment j'allais ! »
→ Chacun va alors lister les émotions qui l'ont traversé à ce moment-là…
« Vous avez insisté, alors que j'étais fatigué. Je suis parti dans ma chambre en claquant la porte, en colère. Ensuite, j'ai été triste parce que vous ne vous intéressez qu'à mes notes… »
→ … puis localiser la partie du corps dans laquelle l'émotion s'est manifestée.
« J'avais la gorge serrée et le cœur qui battait fort. »
→ Enfin, chacun décrit les sensations, les pensées, les comportements qui ont accompagné ce moment.
« C'était comme si j'avais une boule de feu dans la gorge et que mon cœur allait exploser. Je me suis dit que vous ne m'aimiez pas pour agir comme ça. Je n'avais qu'une envie, c'était de partir d'ici. »

Pour cette expérience, il est important d'écouter vraiment celui qui parle, d'être dans l'accueil de ce qui émerge et de ne pas essayer de répondre ou de résoudre la situation. Cet espace est exclusivement réservé à l'expression des émotions. Ce n'est pas un espace de débat, lequel pourra avoir lieu à un autre moment. Et souvenez-vous : les câlins et les compliments sont toujours de bons remèdes.

WARNING

Quand s'inquiéter ?

Le monde émotionnel de votre ado est vaste et puissant. Il peut avoir besoin d'aide, comme vous pouvez avoir besoin d'aide vous-même, pour accueillir cette nouvelle situation et traverser cette étape. Il est important de faire la différence entre déprime et dépression. Lorsqu'un événement déclencheur peut expliquer le bouleversement émotionnel, c'est généralement signe que l'épisode sera passager. Une rupture amoureuse, par exemple, peut engendrer une frustration, une baisse de motivation, un certain repli sur soi. Tous ces changements peuvent être en lien avec le chagrin d'amour que votre ado éprouve, et ne sont pas forcément les signes d'une dépression. Cependant, il arrive qu'après un tel choc, la joie ne revienne pas et que votre enfant se sente toujours seul, désespéré et malheureux.

Les symptômes de la dépression sont : tristesse et irritabilité, absence d'intérêt et de plaisir à faire des activités, gain ou perte significative de poids, troubles du sommeil (difficultés à s'endormir, insomnies, hypersomnie), extrême fatigue (tout représente un effort surhumain), sentiments excessifs de dévalorisation (baisse de l'estime de soi) et de culpabilité, difficultés d'attention et de concentration, pensées morbides, laisser aller (l'enfant ne prend plus soin de ses besoins de base : alimentation, hygiène...), changement des habitudes de consommation.

Si ces sentiments persistent trop longtemps et s'ils se manifestent sur différents pans de sa vie, je vous invite à faire part de votre inquiétude à votre ado. Dites-lui clairement que vous voulez l'aider et parlez des solutions que vous envisagez pour lui, puis proposez-lui de consulter. Chaque personne étant unique, les accompagnements peuvent varier. Vous pouvez contacter un psychologue, ou inviter votre ado à le faire lui-même s'il le souhaite. Des établissements comme la Maison de Solenn (maison des adolescents), rattachée à l'hôpital Cochin de Paris, accueillent les jeunes et/ou leur famille pour les écouter, les orienter, les aider. N'oubliez pas de vous occuper de vous : parlez de votre inquiétude, faites-vous aider par un professionnel de l'écoute et, surtout, prenez soin de vous.

L'IDENTITÉ, L'ESTIME DE SOI

Le point de vue de Lyndsey

La première fois que je vois Lyndsey, il fait chaud, nous sommes en juin. Sous mes manches courtes, elle aperçoit mon tatouage et interpelle sa mère.

« Ah ! Tu vois, tout le monde peut avoir des tatouages. Même madame Hollender en a, alors... Moi, j'ai envie de me tatouer, mais ma mère ne veut pas. Elle dit que je vais le regretter toute ma vie parce qu'on ne peut pas l'enlever. Mais moi, j'ai trop envie, depuis super longtemps. Je suis même déjà allée voir un tatoueur qui peut me faire ce que je lui ai demandé. Il faut juste l'accord de ma mère, qu'elle ne veut pas me donner. Pourtant, ma pote Léa en a fait un, et ses parents ont dit oui. J'ai même proposé à ma mère de téléphoner aux parents de Léa. De toute façon, je m'en fous, si tu ne veux pas que je me fasse un tatouage, je me ferais teindre les cheveux. Tu ne peux pas tout m'interdire sous prétexte que je ne suis pas majeure. »

La maman de Lyndsey est angoissée à l'idée que sa fille puisse graver sur sa peau une identité indélébile. Après quelques échanges en séance, elles trouvent un compromis. Le projet tatouage de Lyndsey sera reporté. Pour ses cheveux, elle a choisi du bleu. Les cheveux, ça repousse !

Qui suis-je ? Comment être aimé, reconnu, valorisé et accepté tel que je suis ? Les questions identitaires taraudent chacun d'entre nous, en particulier les adolescents. Comment aider le vôtre à construire son identité ?

Devenir pleinement celui ou celle que l'on est, et pouvoir l'exprimer librement, sont des questions fondamentales pour le développement de chaque individu, mais également, à un niveau plus collectif, pour la création de notre société. Ces questions soulèvent des confrontations, voire des conflits, mais celles-ci sont utiles et incontournables. Parce que l'identité est à la fois mouvante (oui, nous avons le droit de changer !) et stable (mais nous avons aussi une nature), la construction de ses fondations garantit un sentiment de sécurité fort utile pour bâtir notre liberté d'être. L'identité, son identité, est une question qui interroge votre ado de la pointe de ses pieds jusqu'au bout ses cheveux... et cela ne manque pas de venir compliquer vos rapports.

Ce que les ados disent

J'ai eu envie d'avoir les cheveux bleus ! Je n'vois pas le problème...

Mes parents, ils voudraient que je sois comme ci, comme ça... Mais pas comme moi.

J'expérimente des choses, c'est pour me découvrir.

Mon style, c'est trop important.

Ma bande de pote, c'est tout ce qui compte.

J'ai besoin d'être différent, qu'on me remarque.

Ce que les parents en pensent

Un ado a toujours des idées farfelues.

Un piercing, un tatouage ? Mais c'est vulgaire !

Il se met en danger.

Il se fond dans son groupe d'amis, il n'a pas de personnalité.

Nous lui avons transmis des valeurs, mais il les rejette (sous-entendu il nous rejette).

Un ado se cherche, il ne sait pas ce qu'il veut.

Et vous ? Qu'en pensez-vous ?

Complétez cette liste avec vos propres croyances :

____

____

____

____

Maintenant, je vous propose d'en parler autour de vous. Échangez avec votre conjoint, vos amis, d'autres parents. Faites danser votre esprit critique et votre sens de l'écoute. Même si cela vous paraît étonnant, expérimentez ! Le partage permet de prendre du recul, d'élargir son point de vue et de sortir de certaines situations quand elles semblent dans l'impasse. Il se pourrait que vous appreniez des tas de choses et que vous vous sentiez moins seul…

Ce que dit la théorie

Penser par soi-même

Jean Piaget, psychologue suisse, connu notamment pour ses travaux en psychologie du développement, porte un éclairage intéressant sur l'intelligence : elle est, selon lui, une forme spécifique de l'adaptation du vivant à son milieu. Ses recherches sur les stades d'évolution de l'intelligence chez l'enfant et sa théorie de l'apprentissage ont, notamment, nourri les réflexions sur la pédagogie.

Concernant les ados, Piaget insiste sur le développement de la pensée personnelle et formelle. Pour lui, l'adolescence est une phase de développement durant laquelle l'enfant apprend à penser par lui-même, sans ses parents. Vers l'âge de 12 ans, quand il entre dans l'adolescence, il prend plaisir à penser de manière autonome, se lance dans des débats, prolonge les discussions et dessine ainsi ses premiers idéaux. Les idées fusent, ce qui peut d'ailleurs sembler en totale contradiction avec sa posture, cette nonchalance corporelle qu'il affiche. Ça ne se voit pas, mais sa pensée est vive.
À ce stade de la vie, toutes les idées, même les plus farfelues, absurdes ou irréalistes, font pleinement partie du développement des ados. Vous devez les prendre au sérieux, car eux et leurs rêves, leurs fantasmes et leurs idéaux ont besoin d'être accueillis. Bien sûr, vous pouvez trouver leur grandiloquence totalement décalée de la réalité, ou être en désaccord avec leur point de vue. Pourtant, je vous invite à les écouter, sans sombrer dans l'ironie, ni vouloir qu'ils redescendent sur terre. Votre regard, vos intentions sont un point d'appui pour leur développement et leur affirmation de soi. L'idée ici est de les laisser expérimenter, sans juger, avec confiance. Devenez pour eux un compagnon de route, et laissez la vie leur apprendre à relativiser. Nous avons tous besoin de rêver et d'adapter notre existence, notre quotidien, à nos rêves.
Votre rôle, et il est subtil, est d'accepter qu'il s'éloigne de ce que vous lui avez appris pour lui permettre de développer sa propre manière de penser. La construction de l'identité s'appuie d'une part sur le bagage culturel et familial, et d'autre part sur les enseignements issus de sa propre expérience.
Évidemment, cela ressemble parfois à un grand écart. Une distance peut s'installer entre vous et votre ado, selon sa nature, sa personnalité, son histoire, son parcours. De votre côté, vous pouvez, en fonction de votre nature, de votre personnalité, craindre le pire. Pour vous rassurer, gardez en tête une idée fondamentale : si votre ado s'autorise à prendre cette distance, c'est que vous lui avez donné la clé des champs, la bonne clé pour devenir autonome et penser par lui-même. Vous pouvez être fier de vous ! Continuez à l'encourager. Être père ou mère, n'est-ce pas apprendre à son enfant à s'envoler ?

Tout pour l'expérience

Vous souhaitez le meilleur pour lui, le plus doux, le plus serein. Je vous comprends. Vous avez peur pour lui, pour sa vie, pour son avenir, et cette peur est aussi grande que la sécurité que vous vous êtes efforcé de lui donner pendant toutes ces années. Jusqu'à maintenant, cet élan lui a permis de rester en vie et de grandir. Pour cela, merci. Merci pour lui ! Cependant, maintenant qu'il grandit, n'est-il pas temps pour lui de construire sa propre sécurité, d'aller vers l'extérieur, de se confronter à l'existence, de se frotter un peu à ses contours, histoire de voir et de sentir ce qui se passe ?
Votre peur est bien compréhensible, mais elle peut, si elle perdure et si elle est intense, devenir une entrave à son besoin d'extériorisation. En le maintenant dans la peau d'un jeune enfant, vous pouvez l'empêcher de passer de l'enfance à l'âge adulte, mais il n'a pas d'autre choix que d'avancer (c'est naturel), alors il cherchera à s'extraire du cocon coûte que coûte (merci l'opposition) et c'est à ce moment-là que peuvent apparaître des conduites extrêmes. Alors, n'est-il pas préférable de l'accompagner sur le chemin, de l'autoriser à expérimenter lui-même, à se responsabiliser, à prendre en charge ses idées et à aller les confronter ?
Souvenez-vous que, sous ce vent d'autonomie, persiste le besoin de se sentir aimé, compris et accepté pour la personne qu'il est et celle qu'il devient, même si ses idées, ses choix, ses actes sont à l'opposé des vôtres. Il va peu à peu construire la sécurité qui lui est indispensable, mais elle dépend encore un peu de vous. Votre ado a besoin de vous ; moins que lorsqu'il était plus jeune, mais encore un peu quand même.
Comment la lui apporter ? En lui donnant de l'écoute et de l'attention, en acceptant ses expériences, en reconnaissant sa singularité, parfois sa différence, et en lui offrant encore ce cadre d'accueil qu'est votre famille. Tenez bon, vous êtes en train de compléter, de préciser et d'embellir la photo de famille.

Comment s'adapter à la situation ?

Avant de poursuivre, commençons par une question : quelle est, selon vous, la mission d'un parent ? D'après le sociologue français Émile Durkheim, le parent est celui qui éduque l'enfant à devenir un être social. C'est un agent primaire de socialisation, qui permet la transmission des codes sociaux. En gros, votre rôle est d'accompagner votre enfant à devenir pleinement lui-même tout en ayant conscience du collectif, de l'importance d'évoluer au sein du groupe le plus harmonieusement possible. Pour cette belle entreprise, les transmissions culturelles et familiales ont toute leur place. Elles sont le terreau d'une source infinie de valeurs. Pour autant, nous l'avons dit, la construction de chaque individu repose sur un équilibre entre l'éducation qu'il a reçue et ses propres expériences. C'est en apprenant, de vous puis par lui-même, qu'il construit son identité. Bien entendu, votre ado sera influencé par ce que vous lui avez transmis, et c'est tant mieux, mais toute une partie de sa personnalité vous échappera, et c'est tant mieux aussi.

Exercice

Quelles sont vos valeurs ?

Vous allez donc lui transmettre les valeurs qui vous sont chères, afin qu'il puisse ensuite définir les siennes. Mais qu'est-ce qu'une valeur ? C'est la raison pour laquelle vous pensez, éprouvez et faites ceci ou cela. C'est le « pourquoi » des choses, ce qui nous anime au plus profond de nous-mêmes. Nous avons parfois tendance à confondre deux notions qui sont aussi proches que différentes : les valeurs et les croyances. Si votre valeur représente le *pourquoi* vous faites les choses, la croyance serait le *comment* vous les faites.

Par exemple, si l'une de vos valeurs principales est la sécurité et que, par sécurité, vous considérez que pour protéger votre ado vous devez lui interdire les sorties, il est possible que cette croyance soit légèrement à côté de ce qui est juste pour vous

et pour lui. Je vous invite donc à faire la différence entre vos valeurs et les croyances qu'elles véhiculent, car certaines de ces croyances peuvent être limitantes.
Commençons par nous pencher sur les valeurs. Il en existe des centaines. Pour nous permettre d'y voir plus clair et nous aider à nous y retrouver parmi elles, le psychologue israélien Shalom Schwartz les a réparties dans douze valeurs universellement partagées, dont il a défini lui-même l'ordre en fonction de ses préférences :

- amitié ;
- universalité ;
- autonomie ;
- sécurité ;
- conformité ;
- hédonisme ;
- réussite ;
- tradition ;
- stimulation ;
- courage ;
- famille ;
- pouvoir.

Je vous invite à choisir trois valeurs dans la liste de Schwartz et à les ranger par ordre de préférence. Vous découvrirez ainsi quelles sont celles qui ont le plus d'importance pour vous aujourd'hui. Pourquoi seulement aujourd'hui ? Parce qu'elles ne seront peut-être pas aussi essentielles demain !
La bonne nouvelle, c'est que ces valeurs, en plus d'être partagées par la totalité des êtres humains, sont mouvantes et évolutives. Vous avez le droit d'en changer quand vous voulez, de même que vous pouvez en modifier l'ordre en fonction de ce que vous vivez. Faites régulièrement cette expérience, reclassez vos valeurs ou pensez-y en fonction d'une situation précise (professionnelle, affective...). Vous aurez ainsi plus de chances de vous exprimer en votre nom plutôt qu'à l'aune de valeurs qui ne sont pas les vôtres.

Reliez-vous

C'est en étant acteur dans le choix de nos valeurs que nous construisons la colonne vertébrale de notre identité. Si nous n'apprenons pas à donner de la valeur à nos valeurs, alors nous sentons un décalage entre ce que nous voulons vivre et ce que nous vivons, ce qui créera un malaise, voire un blocage, qui aura une conséquence directe sur notre estime de soi. Et celle-ci, ce regard que nous portons sur nous-mêmes, est très utile à notre construction identitaire. La boucle est bouclée.

Pour avancer sur le terrain des valeurs, je vous invite à faire un nouvel exercice, l'arbre généalogique des transmissions. Qu'est-ce que c'est ? Qu'est-ce que vous allez devoir transmettre ? Une première expérience concrète permettra d'éclairer mes propos. Avez-vous déjà dessiné votre arbre généalogique ? En général, on y inscrit les membres de sa famille en mettant en évidence leurs liens de parenté. Pourquoi ne pas essayer ? Prenez une grande feuille (A3), des feutres ou des crayons de couleur, votre mémoire d'éléphant et votre belle créativité, puis commencez à dessiner votre arbre. Cette activité peut réveiller des émotions intéressantes, vous faire prendre conscience de vos racines. Prenez le temps, offrez-vous l'espace dont vous avez besoin pour créer cet arbre à votre rythme. Ne lésinez pas sur les moyens : ambiance tamisée ou énergique, musique, bougies… Passez un bon moment avec vous-même dans le passé.

Ensuite, je vous propose d'aller un peu plus loin dans l'expérience. Vous allez concevoir un arbre généalogique différent, qui va nécessiter une petite introspection. Attendez deux semaines entre ces deux expériences et, de nouveau, soignez l'ambiance, prévoyez du temps. Prenez une nouvelle feuille grand format, vos feutres ou crayons de couleur, votre mémoire d'éléphant, votre belle créativité et… réfléchissez ! Quelles personnes, au cours de votre histoire, vous ont inspiré et aidé à vous connaître, à avancer, à vous construire ? Il peut s'agir de parents, de grands-parents, de partenaires, d'amis, de mentors, d'enseignants, d'enfants…

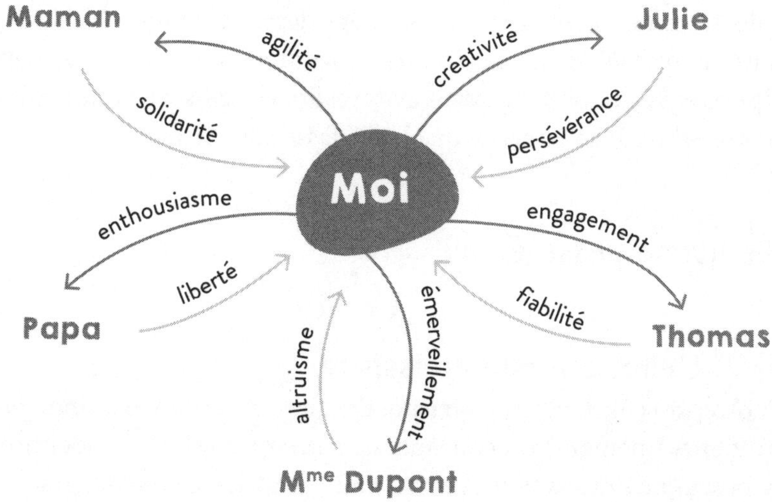

Une fois toutes ces personnes positionnées sur la feuille, tracez un lien entre vous et chacune d'elles. Avec le premier feutre, notez la ou les valeurs, les forces ou les souvenirs que ce proche vous a transmis, donnés, inspirés. Voyez comme vous êtes imprégné de ces valeurs : elles sont ancrées en vous.

Avec une autre couleur, écrivez les valeurs, les forces ou les souvenirs que vous leur transmettez. Ce sont des petites parties de vous que vous semez dans le cœur et l'esprit de votre entourage. À chacun de les arroser, mais sachez que plus vous les entretenez en vous et plus elles seront respectées et acceptées par les autres, qui pourront ensuite s'en inspirer. Maintenant, prenez du recul. Quelles sont ces valeurs ? Certaines d'entre elles sont-elles plus importantes pour vous que d'autres ? S'agit-il des mêmes valeurs dans les deux couleurs ? Est-ce volontaire ? Existe-t-il des forces ou des valeurs que vous auriez aimé transmettre mais qui n'apparaissent pas dans la bonne couleur ?

Je vous invite à personnaliser cet outil. Il vous permettra de mettre en évidence ce qui est important pour vous aujourd'hui, un peu comme une boussole qui vous guiderait au quotidien, vous chuchoterait à l'oreille de mettre de côté les automatismes pour revenir à l'essentiel.

Une fois votre propre expérience réalisée, partagez-la avec votre ado. Comme d'habitude, ce n'est ni une demande ni une obligation, juste le partage d'une expérience. Racontez-lui ce que vous avez appris et vécu, comment vous avez réalisé vos dessins, montrez-lui votre arbre. Il se pourrait que l'idée fasse son chemin...

Ce qui se passe en lui

L'ébauche du narcissisme

Votre ado construit son identité. En d'autres termes, il affine (pas toujours finement) les contours de l'être qu'il est. Cette identité, il la sculpte grâce à vous, certes, mais, grande nouveauté, grâce à d'autres également. Le développement social est à son paroxysme. Le regard des autres, des pairs, du groupe, est de plus en plus important, voire vital.

Je tiens à vous rassurer de nouveau : si vous vous sentez mis à l'écart, un peu « abandonné » par votre ado, sachez que ce n'est pas contre vous. Il construit son identité avec ce que vous lui avez transmis et aussi avec ce qu'il apprend des autres. Il a besoin de voir d'autres têtes que la vôtre, de sortir du cadre pour trouver son identité propre.

L'estime de soi est une question très importante pour lui. L'adolescence étant le moment de tous les doutes, son estime de soi est probablement encore un peu fragile. Apprendre à se faire confiance est un pilier sur lequel il a besoin de s'appuyer, d'autant que, son corps se transformant, son apparence se modifiant, il ne maîtrise plus l'image qu'il donne aux autres.

De quoi a-t-il besoin ?

* Il a besoin de favoriser son estime de soi

Nous sommes nombreux à confondre deux notions désormais bien connues : l'estime de soi et la confiance en soi. Ces deux

concepts, bien que différents, sont liés, et les distinguer n'est pas toujours évident.

→ **La confiance en soi est la confiance en ses capacités.** Nous percevons que nous sommes capables de réaliser telle tâche, telle activité. Cette perception peut être juste ou pas. Être conscients de nos aptitudes réelles nous aide à les respecter et, éventuellement, à progresser, sans nous juger.

→ **L'estime de soi est le regard que l'on pose sur soi, la valeur que l'on s'attribue.** C'est l'estimation que fait notre cerveau de la distance entre la personne que l'on croit être et celle que l'on veut être. Plus la distance est grande, plus notre estime de soi est fragile.

Les psychiatres François Lelord et Christophe André ont identifié les trois caractéristiques de l'estime de soi :

- l'amour de soi, c'est-à-dire la cohérence entre la personne que l'on est et ses valeurs ;
- l'image de soi, c'est-à-dire la façon dont l'on se juge, se voit, se parle ;
- la confiance en soi, c'est-à-dire la confiance en ses capacités.

Afin de muscler son estime de soi et de porter un regard juste et positif sur soi, David Lefrançois, psychologue québécois, propose plusieurs pistes :

- identifier huit personnes sur lesquelles on peut compter ;
- connaître ses limites et les respecter ;
- être en capacité de penser au présent ;
- et surtout, surtout, devenir celui que l'on souhaite être en parlant, en bougeant et en raisonnant comme cette personne, comme soi-même en somme.

Car l'estime de soi ne dépend que de soi, elle ne tient pas à la comparaison avec l'autre. Tel est le message que vous devez transmettre à votre ado.

✳ Il a besoin de repérer ses besoins

Aider les adolescents à identifier et à exprimer leurs besoins peut être une piste intéressante pour poser les contours de l'identité. Nous sommes malheureusement peu enclins à les écouter et à les reconnaître, et nous avons du mal, dès lors, à les distinguer

des désirs, des envies, des préférences et des émotions qui y sont associés. Les multiples influences auxquelles votre enfant est exposé peuvent le déconnecter de sa capacité à ressentir ses besoins et à y répondre.
Considérant la juste satisfaction de nos besoins comme la source même de notre vitalité, l'idée est d'accompagner votre ado à identifier les siens grâce à leur expression dans les différents aspects de sa vie (au sein de la cellule familiale, auprès de ses amis ou de ses partenaires, à l'école, etc.). Comment ? En utilisant la roue des besoins (page 94) et la liste des besoins (ci-dessous).

QUELQUES BESOINS FONDAMENTAUX

SURVIE

- Abri
- Air, respiration
- Alimentation
- Évacuation
- Hydratation
- Lumière
- Repos
- Reproduction (survie de l'espèce)
- Mouvement, exercice
- Rythme (respect du)

SÉCURITÉ

- Confiance
- Harmonie
- Paix
- Préservation (du temps et de l'énergie)
- Protection
- Réconfort
- Sécurité affective et matérielle
- Soutien

LIBERTÉ

- Autonomie
- Indépendance
- Émancipation
- Libre arbitre (exercice de son)
- Spontanéité
- Souveraineté

RÉCRÉATION

- Défoulement, détente
- Jeu
- Récréation
- Ressourcement
- Rire

BESOINS RELATIONNELS
- Appartenance
- Attention
- Communion
- Compagnie
- Contact
- Empathie
- Intimité
- Partage
- Proximité
- Amour
- Chaleur humaine
- Délicatesse, tact
- Honnêteté, sincérité
- Respect

IDENTITÉ
- Cohérence, accord avec ses valeurs
- Affirmation de soi
- Appartenance identitaire
- Authenticité
- Confiance en soi
- Estime de soi, de l'autre
- Évolution
- Respect de soi, de l'autre
- Intégrité

PARTICIPATION
- Contribuer au bien-être ou à l'épanouissement de soi, de l'autre
- Coopération
- Concertation
- Cocréation
- Connexion
- Expression
- Interdépendance

ACCOMPLISSEMENT DE SOI
- Actualisation de ses potentialités
- Beauté
- Création
- Expression
- Inspiration
- Réalisation
- Choix de ses projets de vie, de ses valeurs, de ses opinions, de ses rêves…
- Évolution, apprentissage
- Spiritualité

SENS
- Clarté
- Comprendre
- Discernement
- Orientation
- Signification
- Transcendance
- Unité
- Communion

CÉLÉBRATION
- Appréciation
- Contribution à la vie (des autres, de la mienne)
- Partage des joies et des peines

- Prendre la mesure de deuil et de perte (d'une occasion, d'une affection, d'un rêve...)
- Ritualisation
- Reconnaissance, gratitude

Invitez votre ado à sélectionner dans cette liste six besoins qu'il considère comme les plus importants pour lui, puis proposez-lui de les noter sur la roue des besoins (voir page suivante). Pour chacun d'eux, demandez-lui d'évaluer, sur une échelle de 1 à 10, son degré de satisfaction en fonction des actions mises en place pour y répondre.

Auparavant, vous lui aurez demandé d'identifier ce que représente le 1 et ce que représente le 10 ; par exemple, « 1 = je ne suis pas satisfait » et « 10 = je suis très satisfait ». Imaginons que ses besoins les plus importants en ce moment sont les besoins de sécurité et d'autonomie. Pour le besoin d'autonomie, votre ado met 7/10 parce que vous, ses parents, le laissez sortir avec ses amis quand il le souhaite. Ce besoin-là est donc plutôt satisfait. Le besoin de sécurité, lui, est à 3/10 parce que vous vous êtes mis en colère lorsqu'il est revenu du collège avec les cheveux bleus ! Il ne se sent pas accueilli dans ses expériences, ni reconnu dans sa singularité.

Ensuite, il s'agit de reporter cette évaluation sur le rayon de la roue correspondant au besoin en question, puis de tracer une ligne reliant les différents points et d'observer le dessin qui en émerge : que montre ce tracé ? Est-il fait de pics et de creux, ce qui mettrait en évidence des points sensibles, ou est-il plutôt régulier ? Y a-t-il de l'insatisfaction ou de l'harmonie ?

Une fois les besoins de votre ado identifiés, l'occasion est toute trouvée pour mieux les exprimer. Reportez-vous au chapitre suivant, « La communication », pour lancer le débat. Accompagner votre ado à sentir et à identifier ses besoins, c'est l'aider à comprendre ce qu'il souhaite vivre et comment il souhaite vivre, c'est l'aider à construire son identité en toute légitimité.

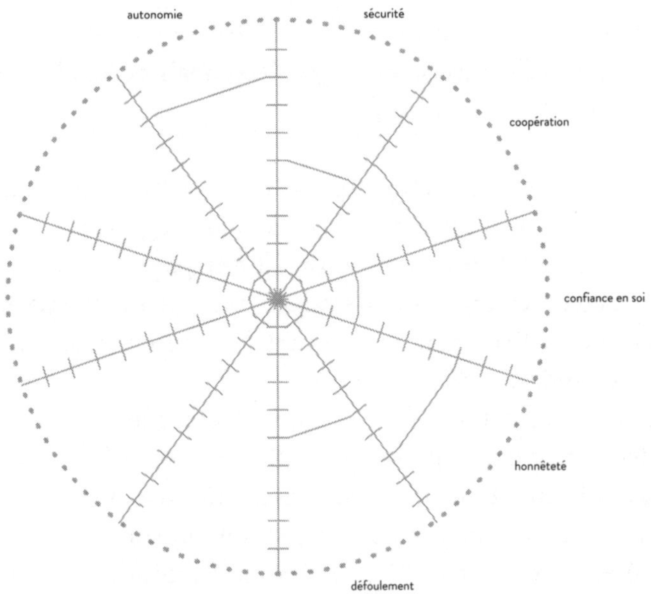

✳ Il a besoin de s'interroger

Un adolescent peut avoir du mal à faire des choix pour des tas de raisons, parce qu'il est anxieux, parce qu'il craint de se tromper, parce qu'il ne comprend pas la situation, parce qu'il sent qu'on lui impose quelque chose ou, au contraire, parce que tout lui est accessible. Créer un espace de réflexion et de questionnement lui permettra d'y voir plus clair.
Voici une petite liste non exhaustive des préoccupations que peut rencontrer votre ado sur la question de l'identité.

→ **La normalité**
Qu'est-ce qui est normal ? Qu'est-ce qui ne l'est pas ?

→ **La justice**
Qu'est-ce qui est juste ? Qu'est-ce qui est injuste ?

→ **L'appartenance**
Faut-il se soumettre aux codes en vigueur et afficher vêtements, tatouages, goûts musicaux ?

→ **Les modèles**
L'adolescent idéalise des membres de son groupe de pairs ou d'autres référents adultes (qui ne sont pas vous) ; il s'identifie pour mieux développer son sentiment d'identité.

→ **Le rôle de chacun**
Il expérimente au sein de son clan les différentes fonctions et places de ceux et celles qui le composent (leader, exclu, soumis, soutien...).

→ **Les règles**
Il intériorise les limites, les principes, et commence à s'interroger sur leur bien-fondé.

Pour l'aider à répondre à ces questions, un espace de réflexion est indispensable. Ne cherchez pas coûte que coûte une réponse immédiate, ouvrez le champ des possibles et exercez cet art qui consiste à « être d'accord sur le fait que vous ne serez pas obligatoirement d'accord » !

* Il a besoin de nouvelles références sociales

Les groupes d'amis que votre enfant choisit sont pour lui des terrains de jeux. Il s'y teste pour mieux appréhender son identité (ce qu'il aime et ce qu'il n'aime pas), et cela peut vous faire peur, par exemple s'il constate qu'il aime le piercing ou autres exotismes. Il se peut que vous approuviez certaines de ses fréquentations et que d'autres vous paraissent absurdes, voire dangereuses. Vous craignez qu'il souffre, qu'il se fasse avoir, qu'il se coupe de vous, qu'il se fasse embrigader, que ça ne dure pas et qu'il soit triste. Vous pouvez aussi être gêné par certaines différences, concernant les valeurs notamment. Même si les amitiés de votre ado vous paraissent étranges ou très éloignées de ce que vous lui avez transmis, je vous invite à les accepter. Vous avez tout intérêt à le laisser vivre, sans le juger, en gardant en tête qu'il s'agit là d'une expérience et que, pour la mener à bien, il a besoin de tâtonner. Vous opposer à cette quête de lui-même ne ferait que renforcer

la distance entre vous. Ayez confiance en la capacité de votre enfant à apprendre de ses erreurs, tout en vous autorisant à le mettre en garde ou à l'interpeller quand c'est nécessaire.
Par nature, votre ado est influençable. En pleine métamorphose, il recherche son identité, ses valeurs, ses goûts. Ses fortes amitiés ou son appartenance à un groupe vont lui permettre de se définir et de se situer, puisqu'il se construit par mimétisme et apprend de ces repères. Ses relations sont donc constructives, sauf s'il se coupe de sa famille, si sa scolarité s'en trouve fortement perturbée, s'il perd son discernement et dépend des autres, et bien sûr si son comportement devient destructeur (consommation de drogue, transgression de la loi, délinquance, violence...).

* Il a besoin d'expériences

Bien évidemment, il va expérimenter à l'extérieur, en dehors du cocon familial. C'est ainsi qu'il se sociabilise, et c'est bon pour lui, pour l'adulte qu'il devient. Autorisez-le à faire ses expériences, car il a besoin de pouvoir s'extraire de la cellule familiale et d'y revenir sans essuyer de reproches. Ces allers et retours participent à sa sécurité intérieure. Cela n'implique pas de tout lui passer : les règles familiales clairement exprimées et entendues par tous doivent être respectées... par tous.
Par exemple, nous discutons avec Lyndsey, en présence de sa maman bien sûr, de son désir d'être tatouée. Chacune exprime son avis : l'adolescente évoque la découverte et l'affirmation de qui elle est, et sa mère, le besoin de protéger sa fille. En discutant, elles trouvent un compromis avec les cheveux bleus. Cette solution permet à la mère de Lyndsey d'être rassurée (une coloration reste passagère), et à Lyndsey de s'identifier à son groupe d'amis.
Mettez-vous en lien avec votre ado avant de corriger ce qui ne (vous) va pas. Il progresse sur un chemin, il traverse un passage, ponctué par des avancées et des retours en arrière. Et c'est permis ! Il vous faut accepter de le laisser naviguer entre plusieurs mondes, respecter les limites et les franchir, puisque c'est ainsi qu'il construit son identité en confiance.

Comment ça, c'est sûr que je ne vais pas être élue miss look du collège ?!

✳ Il a besoin d'amour inconditionnel

Tout comme le bébé se développe harmonieusement lorsqu'il est aimé inconditionnellement, c'est-à-dire sans conditions, l'ado devient lui-même s'il se sait aimé pour ce qu'il est. La psychologue Michelle Larivey écrit à ce sujet : « Le droit à une identité distincte est lié au besoin d'affirmation et d'autonomie. Il concerne la capacité de s'affirmer comme un être distinct sans perdre l'amour des personnes auxquelles on est lié. Le prototype de cette satisfaction serait l'appréciation d'un parent pour nos initiatives et notre performance y compris lorsque nos choix sont différents de ceux que notre parent aurait faits. C'est le droit d'être soi-même et de s'estimer comme tel qui constitue l'enjeu essentiel de cette conquête. » À méditer...

En effet, votre enfant qui devient adulte subit des mécanismes de pression interne plus ou moins conscients alors qu'il est encore en construction. Il faut qu'il se constitue une personnalité ou une identité le plus vite possible, alors que tout est encore en chantier ! Il faut qu'il appartienne à un ou à plusieurs groupes sociaux, dont les codes évoluent très rapidement, et il faut qu'il s'y adapte, donc qu'il fasse preuve d'humour, par exemple, ou qu'il devienne l'un des leaders, ou encore qu'il soit en couple !

Laissez votre ado cultiver son jardin secret (ses premières expériences amoureuses, par exemple) en acceptant de ne pas y avoir accès, et profitez-en pour cultiver le vôtre, sans l'y inviter (votre vie intime doit le rester). Restez présent et disponible pour accueillir son besoin de parler ou d'être aidé. Votre amour pour lui est inconditionnel.

Des idées pour adoucir le quotidien

Comment aider votre ado à construire son identité, à renforcer son estime de soi et à oser devenir celui qu'il est ?

✳ Multiplier les attentions positives

Les neurosciences appliquées nous apprennent que nous recevons huit marques d'attention négative contre deux marques d'attention positive par jour. Le constat est tout de même un peu alarmant ! Je vous propose une gymnastique quotidienne pour atteindre un meilleur équilibre : le renforcement des marques d'attention positive. Par exemple...

- Remerciez votre ado quand il débarrasse la table ou quand il range sa chambre.
- Complimentez-le quand sa coiffure est jolie ou que son blouson lui va bien.
- Félicitez-le quand sa note est meilleure (même s'il n'a obtenu qu'un demi-point de plus que la fois précédente).
- Admettez que, même si ces cheveux bleus vous indisposent légèrement, ils sont aussi le signe d'une identité qui se construit sous vos yeux.

Je vous propose d'accueillir votre ado dans son laboratoire de tests grandeur nature. Ces expériences ont beau être très éloignées de votre quotidien, voire de vos valeurs, discutez-en avec lui, donnez votre point de vue en douceur et encouragez-le à poursuivre son expérimentation de lui-même. Rassurez-vous : ses cheveux ne resteront pas bleus toute sa vie. Votre ado a besoin de vous, de votre attention, de votre bienveillance et de votre accueil. Ainsi, il se sent suffisamment en sécurité pour avancer, pour assumer et pour affirmer son identité.

✳ Identifier ses valeurs

Cette expérience est à effectuer lorsque vous sentez que votre ado est en proie au doute, quand il oublie qui il est, quand il perd confiance en lui. Commencez par créer un environnement calme et doux : installez-vous sur le canapé ou dans des fauteuils confortables et optez pour une musique apaisante, voire le silence. Proposez à votre ado de prendre une feuille blanche et d'y noter le nom de trois personnes qui l'inspirent. Celles-ci peuvent

être réelles ou imaginaires, vivantes ou pas… Laissez-lui le temps d'y réfléchir. En face de chaque nom, proposez-lui de noter les valeurs qu'il reconnaît et qu'il aime chez ces personnes. Vous pouvez lui donner le tableau de Shalom Schwartz pour l'aider, ou le laisser libre de trouver par lui-même. Maintenant, demandez à votre ado de bien regarder ces valeurs et de réaliser… qu'il les porte déjà en lui. Car nous ne pouvons voir chez les autres que ce que nous avons en nous. D'accord, ces valeurs-là n'en sont peut-être qu'au stade d'embryons, mais elles sont là. Si nous ne les avions pas en nous, nous ne pourrions pas les repérer.
Prenez alors le temps de l'aider à identifier les moments de sa vie où il a exprimé ou utilisé ces valeurs. Quand ? Comment ? Ces valeurs sont les piliers sur lesquels il peut se reposer pour traverser la situation qu'il est en train de vivre, quand bien même elle est délicate, difficile ou douloureuse. Il peut compter sur elles. Il peut compter sur lui.

✳ Reconnaître ses forces

Un collectif de chercheurs américains, dont les psychologues Martin Seligman et Christopher Peterson, ont établi une liste de vingt-quatre « forces de caractère humaines et universelles », comme la créativité, le pardon, la reconnaissance de la beauté ou la persévérance. Une force de caractère est une prédisposition à penser, à ressentir et à agir de façon authentique, positive et efficace. Nous avons pour habitude de vouloir corriger nos défauts, mais il est cent fois plus pertinent de cultiver nos forces ! En reconnaissant nos talents, en les mobilisant, nous créons nous-mêmes les conditions de notre épanouissement.
Toujours selon nos chercheurs, reconnaître ses forces implique :

- de se considérer positivement et objectivement, sans modestie ni vantardise ;
- d'éviter de se concentrer sur ses défauts tout en ayant conscience de ses limites ;
- de trouver et de sentir dans son corps de l'énergie ;
- d'apprendre à s'encourager.

S'appuyant sur les recherches de Seligman et Peterson, le VIA Institute on Character a élaboré un questionnaire destiné aux adultes et aux enfants de plus de 12 ans pour identifier leurs forces de caractère. Vous pouvez vous rendre sur leur site pour vous amuser à mieux vous connaître, et proposer à votre ado de faire la même chose de son côté (www.viacharacter.org). Retrouvez-vous ensuite et concentrez-vous principalement sur les six premières forces de vos listes respectives. Toutes les forces listées ont la même valeur, mais les six premières représentent vos piliers, vos incontournables du moment, et il est important de les valoriser dans votre vie. Les six dernières sont intéressantes à observer pour prendre conscience de ce qui est important et de ce qui l'est moins.

Échangez avec votre enfant ! Il peut être intéressant de constater, par exemple, que la persévérance est en haut de votre liste mais qu'elle arrive bonne dernière dans la sienne... N'oubliez pas : chacun ses forces, chacun sa personnalité ! Concentrez-vous sur les premières, chacun de votre côté.

* Considérer ce qui fonctionne

Notre cerveau est habitué à repérer ce qui ne fonctionne pas plutôt que ce qui marche. C'est un vieux réflexe de notre cerveau reptilien, toujours sur le qui-vive pour repérer un mammouth prêt à nous attaquer. Même s'il n'y a plus de mammouth, notre cerveau a conservé cet automatisme à identifier le « négatif », c'est-à-dire le danger potentiel.

Mais cela ne fait de bien ni à celui qui pointe du doigt la faute ni à celui qui voit son erreur révélée au grand jour. Temporisez cette habitude en essayant d'abord de repérer ce qui a été fait correctement, ce qui va bien chez votre ado, ses efforts, son élan. Ensuite, vous l'encouragerez ou l'aiderez à améliorer ce qui n'est pas encore maîtrisé.

WARNING

Quand s'inquiéter ?

Pour votre ado, vous voilà maintenant devenu un homme ou une femme ordinaire, avec d'innombrables défauts. Il cesse de vous admirer pour faciliter son « départ » du cocon familial au profit de ses amis, qui ont les mêmes interrogations que lui. Il se détache de vous pour voler de ses ailes et créer sa propre vie, son propre environnement. En développant ses amitiés, ses amours, en changeant ses loisirs, ses activités, en participant aux réseaux sociaux, en se créant des pseudonymes, il s'invente, se découvre. Votre ado se cherche dans la relation qu'il entretient avec son entourage (avec vous, mais aussi avec ses pairs), pour trouver sa place, son rôle, sa fonction dans ce monde.

Parfois, ses expérimentations vous inquiéteront : alcool, vitesse, délits, substances psychoactives... Pour faire le point régulièrement, posez-vous ces deux questions :

- → Qu'est-ce qui peut attirer mon enfant dans ce comportement ? Assouvir sa curiosité, faire comme les autres, rechercher des sensations fortes, fuir un problème, lutter contre l'ennui, anesthésier ses émotions...
- → En quoi mon ado est-il vulnérable ? Un événement douloureux (rupture amoureuse, décès...) peut être à l'origine d'expériences extrêmes pour éviter de ressentir la souffrance.

Je vous invite à vous intéresser aux causes susceptibles d'être à la racine du problème plutôt qu'aux moyens que votre enfant a trouvés pour le traverser. Sortez de l'agressivité et du jugement (liés à vos peurs) pour être à l'écoute. Si vous sentez que la situation s'installe dans le temps ou qu'elle vous échappe, demandez de l'aide auprès d'un psychologue ou d'un psychiatre.

LA COMMUNICATION

Le point de vue de Sarah

Lors de notre première séance, Sarah préfère que ses parents attendent à l'extérieur, en tout cas pour une partie de notre entretien.

Je ne comprends pas bien ce qui ne fonctionne pas avec moi. J'ai la sensation de savoir écouter les autres et que les autres ne m'entendent pas. En même temps, je ne suis pas certaine de savoir ce que je veux vraiment. Je voulais vous parler seule de mes relations amoureuses... J'ai l'impression que je ne parviens pas à savoir ce que je veux vraiment. Comment fait-on pour savoir ? Je veux dire... pour être au clair avec soi ? Je sais que, comme tout le monde, j'ai des besoins, mais je n'arrive pas à les entendre ou à les écouter, alors, les exprimer !... Parfois, je dis oui quand je pense non, mais je pense non pas assez fort pour l'entendre. Comment fait-on pour entendre et accepter un non et pour le dire sans être rejeté ? Avec mes parents, c'est un peu la même histoire. Et j'ai la sensation qu'eux non plus ne connaissent pas leurs besoins. La dernière fois, je leur ai demandé si je pouvais aller manger chez une amie le samedi midi, alors que nous avons l'habitude de déjeuner en famille. Ils m'ont dit de faire comme je voulais. Du coup, je suis allée déjeuner chez elle. Mais, après, ils m'ont fait la tête toute la soirée. Ils auraient pu me dire qu'ils voulaient qu'on déjeune ensemble, on aurait trouvé un compromis...

Communiquer sera le sujet central des séances familiales qui succéderont à ce premier échange avec Sarah. Identifier, écouter et exprimer son ou ses besoins est un apprentissage que chaque membre de cette famille décidera d'entreprendre pour mieux accompagner Sarah dans son développement et pour adoucir leur relation.

Partout, tout le temps, nous entendons que la communication est le graal de la relation, que la relation repose sur la communication. Pourtant, parents et adolescents ont du mal à se comprendre. Comment se parler, s'écouter ?

Les rapports harmonieux tiendraient à une bonne connexion, entre soi et l'autre, entre ce qui est exprimé et ce qui est reçu. En bons animaux sociaux que nous sommes, là où l'interaction avec l'autre nous permet en premier lieu de garantir notre survie, la manière dont nous interagissons favorise (ou non) l'harmonie. Et c'est bien cette harmonie que, tous, nous cherchons.

La communication serait donc l'outil qui garantirait la survie harmonieuse de notre espèce. Alors, pourquoi nous perdons-nous parfois à trop parler, à ne pas écouter assez ? Communiquer avec l'autre est, pour des tas de raisons, plutôt complexe. En premier lieu, être au clair sur ce que nous souhaitons transmettre dans le fond est un sacré challenge ! Cela suppose de parler de nos besoins, de ce qui nous anime, or nous n'en avons pas l'habitude. Ensuite, dans l'équation, il y a l'autre, un autre mû par ses propres besoins et ses propres peurs. Il nous faut donc composer, et quand l'autre est un ado qui vit sous notre toit, l'expérience peut prendre des allures de marathon ou de sprint, au choix. Votre enfant étant en pleine période de découverte de lui-même, et donc de ses besoins, il va avoir du mal à les identifier et, par ricochet, à les exprimer. Ses propos peuvent sortir en vrac, sans réel sens apparent, et tout cela vous décontenance, surtout si vous aussi avez des difficultés à identifier et à exprimer vos besoins.

Alors oui, communiquer avec un adolescent peut s'apparenter à la quête du Graal. C'est à la fois passionnant et un peu vertigineux ! Nous allons ici aborder le dialogue au quotidien, dans le fond et dans la forme, pour vous aider à partir à la rencontre de vous-même comme de l'autre, et muscler votre curiosité pour cet individu qui se trouve face à vous : votre ado.

Ce que les ados disent

Mes parents ne s'intéressent pas vraiment à moi.

J'ai l'impression qu'ils n'écoutent pas ce que je dis.

Moi, j'aimerais bien leur parler plus souvent, mais ils n'ont pas le temps.

On discute quand eux le veulent.

Je ne peux pas tout leur dire, quand même !

Je n'arrive pas à m'exprimer, je n'trouve pas les mots.

Je n'sais pas vraiment ce qui se passe, alors comment je pourrais en parler ?

Ce que les parents pensent

Je ne parle pas le même langage que les ados.

On ne se comprend pas.

Il ne sort jamais de sa chambre, on ne peut pas lui parler.

Quand je lui dis de ranger ses affaires, il ne m'écoute jamais.

Je parle à un mur.

Il sait parler, oui ! mais avec ses amis.

Un ado n'a aucune envie de communiquer avec ses parents.

Et vous ? Qu'en pensez-vous ?

Complétez cette liste avec vos propres croyances.

____

____

____

____

Maintenant, je vous propose d'en parler autour de vous. Échangez avec votre conjoint, vos amis, d'autres parents. Faites danser votre esprit critique et votre sens de l'écoute. Même si cela vous paraît étonnant, expérimentez ! Le partage permet de prendre du recul, d'élargir son point de vue et de sortir de certaines situations quand elles semblent dans l'impasse. Il se pourrait que vous appreniez des tas de choses et que vous vous sentiez moins seul…

Ce que dit la théorie

C'est quoi, communiquer ?

Communiquer, du latin *communicare,* est un verbe transitif qui, selon le Larousse, permet de « faire savoir quelque chose à quelqu'un, le lui révéler, lui en donner connaissance ; transmettre, divulguer ». Considérant cette définition, communiquer semble être un jeu d'enfant. Vous avez quelque chose à dire ? Pas de problème, donnez votre information. Point. Fin de la communication, vous pouvez rentrer chez vous. La communication ne serait alors qu'un processus au cours duquel un émetteur envoie un message, une information, à un récepteur.
Prenons une situation concrète. Imaginez que vous annonciez une nouvelle, que vous croyez banale, à votre ado. Dès vos premières paroles, il montre des signes de détresse, d'agitation ou d'hilarité. Quelle est votre réaction ? Peut-être marquerez-vous un temps d'arrêt pour lui demander ce qui se passe ou, au moins, modifier la façon dont vous vous exprimez. Il apparaît nécessaire, dans de telles circonstances, de prendre en compte la réaction de votre enfant pour adapter votre message. C'est qu'il vous tient quand même à cœur de vous assurer qu'il le reçoit cinq sur cinq…
Le processus de communication est donc bien plus riche que la simple transmission d'une information. Il s'agit d'un échange d'informations, et cet échange crée une boucle de rétroactions : chacun des interlocuteurs exerce une influence sur l'autre, et ce de

façon continue, consciemment ou non. Communiquer nécessite donc d'être attentif à l'autre, de l'observer, d'être curieux de sa réaction ou de sa réponse, dans le but de garantir la clarté des propos et leur correcte transmission.

Apprendre à observer notre interlocuteur, s'intéresser à lui, serait la première étape. La seconde serait de se montrer flexible en tenant compte de ce qui a été perçu, et en modifiant éventuellement notre façon de communiquer au gré de l'échange. Telle serait une communication efficace et écologique pour tous. C'est un art que ce savant mélange entre le message que nous souhaitons délivrer et la façon dont l'autre le reçoit. Or, le message que nous souhaitons délivrer reflète *notre* réalité, non *la* réalité. Nous percevons notre réalité grâce à nos cinq sens. La perception est un processus actif : nous décidons, consciemment ou inconsciemment, de l'aspect de la réalité que nous regardons, écoutons, touchons, etc. Cette interprétation s'effectue notamment en fonction de notre culture et de notre histoire personnelle. À partir d'elles, nous dessinons donc la carte d'une réalité qui nous appartient. Ainsi, il est facile de comprendre que la carte du monde que nous élaborons au fil des ans n'est pas la même que celle de nos interlocuteurs.

L'importance de la bienveillance

Pour autant, prendre en compte l'autre, avec sa carte du monde, n'est pas si facile. Parce que nous avons la tête ailleurs, parce que nous sommes épuisés, parce que le comportement de notre ado nous agace, nous avons envie d'exprimer ce que nous avons à dire et de passer à autre chose. Sans en avoir vraiment conscience, nous pouvons alors utiliser des mots ou des attitudes qui seront violemment perçus par notre interlocuteur.

Sans nécessairement mener au conflit, ces paroles en l'air, ces reproches ou ces remarques, ces yeux levés au ciel ou ces soupirs peuvent avoir un impact sur l'autre : ils le blessent, le déstabilisent, le brusquent, le font douter et nuisent à nos relations, parfois même sans que nous le réalisions nous-mêmes.

Pourrais-tu ranger ta chambre s'il te plaît ?
RANGE TA CHAMBRE !!
Je pense que le bazar nuit à la concentration. De plus, ces boîtes d'aliments à moitié pleines qui
ent un peu partout ri
t d'attirer les souris ou le
Je me vois donc
obligation de te dema
er de mettre un peu d'or
dans tes affa
Pas de rangement, pas d'écrans. Et paf !

Être attentif à l'autre, à sa réalité, n'est donc pas facile, mais c'est incontournable, car nécessaire à une communication harmonieuse et à une relation saine. Les interactions douces sont la clé de cette fameuse harmonie dont rêvent tous les parents, or votre ado a lui aussi besoin de douceur. Et d'harmonie. Alors, comment communiquer harmonieusement avec une autre réalité que la sienne, une autre carte du monde ?

Prendre en compte l'autre est au cœur de la Communication NonViolente® (CNV), ou communication bienveillante. Qu'est-ce donc que cette méthode ? C'est une manière de communiquer mise au point par le psychologue américain Marshall B. Rosenberg dans les années 1960. D'après lui, la CNV repose sur un langage qui renforce notre aptitude à conserver nos qualités, telles que l'empathie, l'authenticité et la responsabilité, même dans les situations éprouvantes. Cette approche nous engage à reconsidérer la façon dont nous nous exprimons et dont nous entendons l'autre. Le terme « non violente » est une référence au mouvement de Gandhi et signifie, ici, le fait de communiquer avec l'autre sans lui nuire. La CNV peut être très utile avec un ado. En effet, même si nous n'en avons pas conscience, notre façon de nous exprimer est parfois brutale aux yeux (et aux oreilles) des jeunes. Cette méthode a l'avantage de remettre du lien : ce que nous disons et la façon dont nous le disons ne sont plus des réflexes ou des habitudes de langage, ce sont des réponses réfléchies grâce à la prise de conscience de nos perceptions, de nos émotions et de nos désirs. Et ça, ça change tout. En effet, en mettant en pratique les principes de la CNV, nous-mêmes et nos ados n'agissons plus par crainte d'une réprimande ou dans l'attente d'une récompense, mais à partir de l'intention de comprendre et de satisfaire les besoins de chacun. Nous aiguisons notre sens de l'observation, apprenons à définir et à formuler clairement ce que nous souhaitons, puis à identifier les comportements et les situations qui nous touchent.

Bien qu'une telle démarche paraisse simple, elle est un puissant outil d'épanouissement, qui nous aide à voir nos relations d'un autre œil dans le but d'entendre et de ressentir nos besoins profonds ainsi que ceux de nos ados. Par ailleurs, la méthode est tout terrain ! Même si eux sont totalement indifférents ou réfractaires à ce type de communication, vous pouvez quand même la pratiquer. Même si votre enfant ne l'utilise pas, vous pouvez, en tant que parents, avoir un impact positif sur lui lors de vos discussions.

Les étapes de la CNV

La méthode est basée sur quatre composantes :

- l'observation des faits ;
- les sentiments, les émotions ;
- les besoins ;
- les demandes.

Nous allons développer ensemble ces quatre composantes en prenant appui sur des situations concrètes, pour que vous puissiez vous les approprier.

✳ Composante n° 1 : observer sans juger

Le premier élément de la CNV est l'observation sans jugement ou évaluation d'une situation. Il s'agit d'observer ce que nous voyons ou écoutons sans faire de commentaires personnels.

→ Antoine rentre dans le salon et voit que les vêtements de sa fille Lou traînent par terre. S'il commence par se dire « Qu'est-ce qu'elle peut être désordonnée ! », il porte un jugement sur la personne. En revanche, s'il se dit « C'est la troisième fois de la semaine qu'elle laisse traîner ses vêtements... », il ne juge pas, il se contente d'observer, comme s'il était une caméra vidéo qui filme la scène sans l'interpréter.

Pourquoi seulement observer ? Parce qu'une étiquette négative, telle que « désordonné », « idiot » ou bien « paresseux », en plus d'être un jugement subjectif, a pour effet de limiter votre perception de votre ado. Ce type de qualificatifs vous empêche de

le voir dans sa totalité, or il est bien plus que « désordonné », « idiot » ou « paresseux », ne l'oubliez pas !
Il convient aussi d'être attentif aux adverbes, tels que « toujours » ou « jamais », souvent utilisés sans nuance. Les exceptions existent, et alors tout est possible ! Par exemple, selon ses parents, Sarah ne communique jamais avec eux. Elle passe sa vie avec ses potes, et il est impossible de discuter, de bavarder ou d'échanger avec elle. Pourtant, quand je les interroge (« N'y a-t-il *jamais* de discussion, vraiment ? »), ils m'avouent avoir parlé à leur fille la semaine précédente. Je leur demande de me décrire la discussion, de me dire quel environnement, quel contexte, quelle situation a permis leur échange. En reconnaissant cette exception, les parents de Sarah peuvent décider de reproduire pareille occasion. Toute la famille peut réorienter son regard sur ce qui fonctionne et sur ce dont elle est capable.

✳ Composante n° 2 : identifier et exprimer ses sentiments

Nous avons parfois du mal à identifier et à exprimer nos sentiments et nos émotions, comme nous l'avons vu dans le chapitre précédent. Parfois, pour conserver une apparente dignité, nous utilisons des émotions « parasites », qui ont le mérite de dissimuler celles que nous éprouvons réellement. La tristesse, la crainte, l'impuissance, l'inconfort, entre autres, sont des émotions qui peuvent être perçues comme des faiblesses que nous n'osons exprimer. La colère (socialement mieux perçue) remplace alors la tristesse (pourtant ressentie).
Nous nous perdons dans un flot de sensations, de ressentis, de sentiments... Nous mélangeons tout, et il nous est impossible de faire le tri. Ce qui est difficile à ressentir devient difficile à exprimer : ce qui se conçoit mal s'énonce n'importe comment ! Dès lors, il est compréhensible que nos interlocuteurs n'y comprennent rien, et c'est plus encore « confusionnant » pour des ados.
Pourtant, exprimer notre vulnérabilité peut aider à résoudre des conflits, et enrichir notre vocabulaire affectif peut fluidifier nos

relations. Nous avons à notre disposition bien des mots pour qualifier les personnes et les choses qui nous entourent. Pourquoi ne pas les utiliser pour décrire nos propres émotions ?
Reprenez la liste des émotions disponible dans le chapitre précédent et apprenez à nommer clairement ce que vous éprouvez, sans vous cacher. Être fort est une belle qualité, mais être vulnérable l'est tout autant. Exprimer vos émotions à votre ado l'autorisera à le faire pour lui et fluidifiera votre relation.

→ Lou ne peut pas comprendre ce que son père attend d'elle s'il ne lui exprime pas ses sentiments. Peut-être Antoine pourrait-il commencer par lui exprimer son émotion (« Je suis contrarié de voir tes affaires traîner par terre ») avant de lui exprimer son besoin. Il est important qu'il complète son ressenti par l'expression de son besoin afin que Lou comprenne bien ce qu'il attend d'elle. En effet, dans l'esprit d'Antoine, il peut être évident qu'il lui demande alors de ranger ses vêtements, mais Lou, elle, peut penser qu'Antoine ne cherche qu'à la culpabiliser...

C'est à ce moment-là qu'entrent en compte vos besoins.

✳ Composante n° 3 : identifier et exprimer ses besoins

La troisième composante de la CNV consiste à prendre l'entière responsabilité de nos sentiments, à en identifier l'origine pour mettre au clair nos besoins. Qu'est-ce qu'un besoin exactement ? Selon le Larousse, « un besoin est une chose nécessaire à l'existence », que cette nécessité intérieure naturelle soit consciente ou non. Nos besoins s'expriment sous la forme d'un manque ou d'un excès, et sont donc à l'origine d'émotions agréables ou désagréables, selon qu'ils sont ou non assouvis.
Si nous partons du postulat que les actes d'autrui peuvent être le facteur déclenchant, mais jamais la cause de nos émotions, alors nous détenons la clé qui nous permettra de nous responsabiliser, et donc de cesser de reprocher à autrui notre mal-être. Souvent

en effet, la cause de nos émotions n'est autre qu'un besoin qui n'a pas été identifié et/ou exprimé.
Lorsque quelqu'un nous adresse un message négatif, verbalisé ou non, nous pouvons l'accueillir de différentes façons. Prenons un exemple pour mieux comprendre : un adolescent vient de dire à son père qu'il est égoïste.

- Le père peut sentir fautif en entendant ce reproche. S'il choisit d'accepter comme tel ce message, il y a des risques qu'il se sente rabaissé, que soit atteinte son estime de lui. « Tu crois ? Oui, peut-être… Je suis désolé. » Cela peut entraîner chez lui un sentiment de culpabilité, de honte, voire de dépression.
- Le père rejette la faute sur l'ado. Criant à l'injustice, il retourne le message à son envoyeur : « Tu te moques de moi ? Je pense toujours à toi… C'est toi, l'égoïste ! » Cela a pour effet de lui faire ressentir de la colère.
- Le père porte son attention sur ses sentiments et ses besoins. En faisant cela, il prend conscience que ce qu'il ressent provient d'un besoin non comblé. « Lorsque je t'entends dire que je suis égoïste, je me sens blessé, parce que j'ai besoin que les efforts que je fais pour prendre en compte tes préférences soient reconnus. » Ici, c'est le besoin de reconnaissance qui n'est pas comblé.
- Le père dirige son attention sur les sentiments et les besoins de l'ado tels qu'il les a exprimés : « Te sens-tu blessé parce que tu aurais besoin que tes préférences soient mieux prises en compte ? » Ici, au lieu de blâmer son enfant pour les sentiments qu'il éprouve, le père en accepte la responsabilité. Il va chercher à clarifier le besoin qui n'est pas comblé chez son interlocuteur.

En résumé, ce qui est à l'origine du déclenchement d'un sentiment (culpabilité ou colère, peu importe), n'est pas ce qu'autrui nous a dit ou fait, mais nos propres besoins insatisfaits. Si nous parvenons à les exprimer, nous augmentons nos chances de les voir être satisfaits. Le fait de les reconnaître montre que nous leur accordons de la valeur. Si, en revanche, nous n'accordons pas de valeur à nos besoins, nos ados n'en accorderont pas non plus.

→ Revenons à Lou et à Antoine. Que pourrait dire ce père de famille à la vue du désordre ? « Je suis irrité quand tu laisses traîner tes affaires partout dans la maison, parce que j'ai besoin de clarté et d'espace dans les lieux que nous partageons. »

✳ Composante n° 4 : faire une demande

L'expression de nos besoins peut être suivie d'une demande spécifique : nous solliciterons des actes précis et concrets qui pourraient combler nos besoins. Pour que vos relations soient harmonieuses, il est important que l'autre, votre enfant en l'occurrence, soit en mesure de vous écouter. Veillez à ce qu'il soit disponible lors de votre discussion (s'il est devant un écran ou en train de lire, il ne pourra pas être pleinement à votre écoute) et qu'il prenne plaisir à répondre à vos demandes. Je vous invite donc, pour commencer, à verbaliser ce que vous souhaitez plutôt que ce que vous ne souhaitez pas, ou plus.

→ Pour Antoine, il s'agirait de dire « J'aimerais que tu ranges tes affaires » plutôt que « Je ne veux pas que tu laisses le salon en désordre ». La formulation d'une action positive dans son langage permettra une écoute plus attentive de sa fille, et donc, potentiellement, la coopération de celle-ci. Il lui faudrait aussi être précis dans sa demande : « Pourrais-tu ranger ton manteau dans l'armoire, mettre tes chaussures dans l'entrée et tes livres dans ton sac, s'il te plaît ? »

La CNV n'est évidemment pas une baguette magique. L'autre est autre, et vous n'allez pas le changer. Fort heureusement, d'ailleurs. Que ferions-nous si nous étions entourés de clones de nous-mêmes ? Comprendre ce qui se passe pour soi et en soi avant d'aller écouter l'autre permet de (re)créer un lien, une connexion authentique.

Comment s'adapter à la situation ?

Vous ne comprenez pas ce que vous avez fait pour mériter tant d'incompréhensions de la part de votre ado ? Rien, vous n'avez rien fait. Vous êtes son parent, c'est tout. Alors, c'est vrai, la communication n'est pas facile, mais la CNV peut vous permettre de relativiser un peu la situation, en vous invitant à aller à la rencontre de vos besoins et de vos peurs, notamment celles qui touchent à l'avenir de votre ado. En portant votre attention sur vous, vous ferez automatiquement attention à votre attitude, aux mots que vous prononcez, à la façon dont vous parlez, et cela vous évitera déjà bien des conflits.

Vous avez la théorie, mais nous savons, vous et moi, que la pratique est un autre programme. Sur le principe, la communication bienveillante fait des miracles. Elle ne vous mettra pas à l'abri de tous les cris, de tous les pleurs et de toutes les portes qui claquent, mais ces confrontations seront peut-être moins nombreuses et plus douces. Alors, place à la pratique !

Exercice

Savez-vous manier la CNV ?

✳ Dire ses sentiments

Il est fondamental d'enrichir votre vocabulaire des émotions pour apprendre à mieux les exprimer en famille, en particulier avec votre adolescent, mais il est aussi important de faire la distinction entre une émotion et une pensée. Cette confusion fréquente est due à l'emploi du verbe « sentir » quand, en réalité, nous sommes en train de « penser ». Par exemple, lorsque nous disons « Je sens que tu me caches quelque chose », nous ne sentons rien du tout ! Il serait plus approprié de lancer : « Je pense que tu me caches quelque chose. »

Dans le langage courant, « avoir le sentiment de » ou « sentir que » sont plus souvent suivis d'opinions ou de projections que de sensations ou d'émotions. Faites le test et voyez par vous-même.

Remplacez le verbe « sentir » par « penser » dans les phrases suivantes et voyez si vous identifiez un changement de perception.

- J'ai le sentiment que tu aurais dû te comporter autrement.
- Je sens que ça ne sert à rien.
- Je sens que nous n'allons pas nous entendre.
- J'ai le sentiment d'être un raté.
- Je sens que tu me mens.

Il est également très important de distinguer les adjectifs qui traduisent nos sentiments et ceux qui expriment une interprétation des actes ou des pensées de la personne. Par exemple, lorsque vous dites « Je me sens incompris par mon fils », cela renvoie à la capacité de compréhension de votre ado et vous n'évoquez en rien votre sentiment réel. Il serait plus juste de reconnaître « Je suis inquiet » ou « Je suis contrarié » si tel est le cas. Par exemple, vous pourriez admettre : « Je me sens triste parce que je pense que tu me mens et que j'ai besoin d'authenticité » ou « Je suis stressé parce que je pense que tu ne m'écoutes pas et que j'ai besoin d'être compris. »

✳ Parler de ses besoins

Nos besoins sont au cœur de ce qui nous anime. Universels, ils garantissent en premier lieu notre survie : ce sont par exemple les besoins en nourriture, en boisson, de sommeil ou de reproduction. Nous avons également un besoin de sécurité au sein de notre environnement : celui-ci est assuré quand nous trouvons un équilibre entre protection et liberté. Nous avons aussi un besoin d'identité : nous devons être identifiés dans et par notre groupe social, à la fois lui appartenir et pouvoir y affirmer notre différence. Enfin, nous avons un besoin plus personnel, celui de nous sentir exister : chacun de nous est une personne singulière, qui doit pouvoir se réaliser, donner du sens à son existence.
La CNV distingue le besoin des solutions que nous utilisons pour le satisfaire. A-t-on besoin d'une voiture ? Non, la voiture est juste un moyen de satisfaire un besoin de liberté, de mouvement ou

encore de reconnaissance sociale. Cette distinction entre le moyen utilisé et le besoin lui-même permet de reconnaître la légitimité des besoins de chacun. Cette reconnaissance préserve le lien avec l'autre, reconnaît le besoin même si la solution n'est pas trouvée immédiatement, ou en cas de désaccord sur ladite solution.

Les conflits se situent d'ailleurs bien souvent au niveau des stratégies mises en œuvre et non au niveau des besoins, qui eux sont communs à tous les êtres humains. Cette distinction nous ouvre donc un espace de compréhension mutuelle, de liberté et de créativité dans nos relations.

Reportez-vous à la liste de ces besoins que tous, vous, moi et bien évidemment les ados, nous avons en commun (voir page 91). Je vous invite à la parcourir, à la lire à votre rythme, à vous l'approprier.

Ensuite, prenez une feuille blanche, un stylo, des crayons, et faites une liste des besoins qui pour vous sont les plus importants. Juste à côté de chacun d'eux, notez la raison pour laquelle ils sont fondamentaux pour vous. Par exemple, le père de Sarah exprime son besoin de partage avec sa fille car, pour lui, être en lien (raconter sa journée, partager des activités, passer du temps ensemble) le rend heureux. La maman de Sarah, elle, parle de son besoin de sécurité : elle a besoin d'être rassurée pour se sentir sereine.

Au fil du temps, ou au gré des circonstances, certains besoins sont plus essentiels que d'autres. Les identifier, puis les écouter quand vous pensez (et non sentez) que la communication avec votre enfant passe mal, vous permettra de les prendre en compte vous-même, de ne plus attendre de l'autre, notamment de votre ado, qu'il les prenne en charge pour vous.

✳ Formuler une demande

Une fois exprimés les faits, les sentiments et les besoins, vous pourrez formuler une demande, claire, concrète et précise. Une fois trouvé un compromis respectueux des besoins de chacun, vous devez vérifier que votre message a bien été reçu. Pour cela, demandez à votre ado de vous le restituer et, si besoin est, reformulez. N'oubliez pas, évidemment, de l'en remercier.

Vous êtes maintenant disponible pour lui demander ce qu'il ressent (« J'aimerais que tu partages tes sentiments au sujet de ce que je viens de te dire »), ce qu'il pense (« J'aimerais savoir ce que tu penses de ce que je viens de te dire ») et s'il est disposé à donner suite à votre demande (« J'aimerais que tu me dises si tu es d'accord pour... »).

Attention ! Il est important de ne pas confondre demande et exigence. La première suppose que la personne qui la reçoit puisse répondre non ! Elle se transforme en exigence lorsque votre interlocuteur craint justement de vous dire non. Votre ado sait naturellement faire la différence. Plus la personne se sera sentie jugée, critiquée ou culpabilisée de ne pas s'être pliée à votre volonté, plus elle entendra des exigences à la place des demandes et moins elle sera disposée à y répondre favorablement.

Imaginez que vous dites à votre ado : « Je me sens épuisé et j'aimerais que tu t'occupes du repas ce soir. » S'agit-il d'une demande ou d'une exigence ? Tout dépend de votre réaction face à son éventuel refus. S'il vous répond « Je suis en train de finir ma partie, demande à mon frère », et que vous rétorquez « On ne peut jamais compter sur toi », votre demande était une exigence. En revanche, si vous acceptez (« OK, je demande à ton frère pour le repas, mais quand tu auras fini, peux-tu étendre le linge ? »), alors vous respectez son besoin de détente tout en réaffirmant votre besoin d'être soutenu.

L'objectif de la CNV n'est pas de changer votre ado, ni qu'il réponde au moindre de vos désirs. L'idée serait plutôt d'établir une relation fondée sur la sincérité et l'empathie, ce qui, au bout du compte, ne manquera pas de satisfaire les besoins de chacun... car personne ne vous demande de vous sacrifier, non plus ! Vos besoins comptent autant que ceux de n'importe quel autre, votre enfant compris. Prendre en compte ce qui vous anime et le communiquer au bon moment, tout cela est une question d'entraînement. Vous n'y parviendrez pas toujours, et ce n'est pas dramatique. C'est un exercice de musculation que je vous invite à pratiquer, un exercice qui vous rendra plus disponible, pour tous et pour tout.

Apprenez à observer

Nous avons souvent tendance à observer les autres et à émettre à leur encontre un jugement ou une critique toute personnelle. Nous passons leurs comportements à la loupe, à l'aune de nos projections et de nos peurs. C'est une habitude bien tenace, que je vous invite à essayer de changer. Comment ? En tentant de décrire les faits et rien que les faits, pour distinguer vos observations de vos évaluations.

Par exemple, si vous dites à votre ado « Tu manges mal, tu détruis ta santé ! », vous confondez la prédiction et la certitude. Une observation sans évaluation ressemblerait à : « Je te vois avaler des sucreries toute la journée, alors je crains qu'à l'avenir tu n'aies des problèmes de santé. »

Je vous invite, lorsque vous essayez de suivre les étapes de la CNV, de vous en tenir à la réalité de ce que vos sens vous transmettent. Qu'avez-vous vu concrètement et réellement ? Qu'avez-vous entendu ou quels ont été les mots employés ? Plus généralement, faites cet effort de distanciation au quotidien : soyez le plus factuel possible quand un événement survient et vous bouleverse. Ainsi, vous prendrez l'habitude d'éviter généralisations et interprétations.

Ce qui se passe en lui

Une certaine confusion

Maintenant que vous êtes pleinement à l'écoute de vos besoins (ou en chemin), vous allez pouvoir aider votre ado à être à l'écoute des siens. Tant de choses étranges et nouvelles le traversent. Il n'a souvent aucune idée de ce qui se passe à l'intérieur de lui. Il tâte le terrain et apprend grâce à toutes ses nouvelles expériences. Il peut donc se sentir envahi, confus, et parfois perdre de vue ce qui lui tient vraiment à cœur.

Ses besoins peuvent alors être de bons guides, un phare, une lumière qu'il peut suivre en toutes circonstances. À l'adolescence, votre enfant navigue entre plusieurs référentiels externes (vous, ses amis, ses profs...) et son référentiel interne (lui, ses ressentis, ses besoins propres). Il apprend à s'éloigner de son principal repère pour explorer autre chose. Il passe de vous à son groupe d'amis, aux autres, à lui... Afin qu'il s'autorise à se faire confiance, à faire confiance à la personne qu'il est, à ses ressentis, à ses envies, à ses valeurs, afin qu'il devienne, en somme, responsable et autonome, il est important qu'il apprenne à se connecter à ses besoins.

Pour cela, il a encore besoin de vous ! N'hésitez pas à lui montrer, lors d'un moment de partage ou d'échange, la liste des besoins, et posez-lui des questions : « Qu'est-ce que cette liste évoque pour toi ? Savais-tu qu'il existait autant de besoins ? Est-ce que tu les comprends tous ? Quels sont les plus importants pour toi en ce moment ? Quels sont ceux que tu as ressentis aujourd'hui ? »

Expliquez-lui aussi ce que vous savez maintenant sur leur sens et leur fonction. Vous pouvez par exemple lui confier ce que ça a changé pour vous de creuser la question. N'oubliez jamais que les adolescents ont besoin d'avoir face à eux des parents vulnérables pour s'autoriser à accueillir leur propre vulnérabilité. Partager avec eux vos questionnements et vos découvertes les autorise à mieux accepter leurs questionnements et leurs découvertes.

Pour mener à bien cette discussion sur les besoins, choisissez un environnement propice à la communication, une balade en forêt ou dans le quartier, par exemple. Soyez à l'écoute de votre ado et de sa disponibilité pour éviter de le braquer. Vous pouvez également décider de rendez-vous familiaux, une ou deux fois par semaine : ces « conseils familiaux » seront l'occasion d'échanger sur un tas de sujets plus ou moins brûlants.

De quoi a-t-il besoin ?

✳ Il a besoin d'écoute et d'attention

Il ne s'agit pas de le forcer à dialoguer, mais plutôt d'être curieux de lui, de partir à sa rencontre lorsqu'il est disponible pour l'aventure. Votre ado a besoin d'échanger avec vous régulièrement (même s'il vous dit ou vous montre le contraire), comme pour vérifier que vous êtes toujours là et que vous restez ouvert à la personne qu'il est et qu'il devient, sans jugement.

De nouveau, il s'agit d'entraînement. Observez-le sans commentaires, écoutez-le sans forcément chercher une réponse ou une solution, et lorsqu'il vous raconte quelque chose, regardez-le vraiment en acquiesçant d'un sourire ou d'un hochement de tête. Ainsi, vous l'invitez à poursuivre.

Vous faites alors preuve d'écoute active en apprenant à taire votre propre discours (intérieur ou audible) pour concentrer toute votre attention sur celui de votre interlocuteur. Tâchez de vous retenir de donner des conseils ou votre avis lors d'une discussion, sauf bien entendu quand votre enfant vous le demande.

Imaginons un professeur qui doit remotiver l'un de ses élèves, en léger décrochage. Au cours du conseil de classe, l'élève tente d'expliquer, avec difficulté, ce qui se passe en lui, mais le professeur et ses collègues lui coupent la parole, analysent la situation de leur point de vue, font des suggestions à tour de rôle... L'élève démotivé ne cherchait-il pas simplement à se sentir compris ? Rassuré par une oreille attentive, aurait-il pu lui-même trouver sa propre solution ?

✳ Il a besoin de dialogue clair, et vous aussi !

D'après d'intéressantes expériences en psychologie sociale, ce n'est pas le fait qu'un interlocuteur nous donne raison qui est perçu comme profondément satisfaisant, c'est qu'il nous écoute vraiment. Considérant cela, la meilleure façon d'accuser réception d'un message est de reformuler ce qui a été dit par cet interlocuteur, en utilisant le même type de mots et en reflétant, en miroir, son attitude.

Pour valider la bonne compréhension des informations que votre ado vous transmet, vous pouvez, en tant qu'auditeur, reformuler ce qu'il vient de vous dire avec vos propres mots, puis valider auprès de lui que ce que vous avez exprimé est juste pour lui. Cela ne veut pas dire que vous êtes d'accord avec ce qui est dit, mais que vous comprenez ce qui est dit. Et la nuance, ici, est capitale.

Par exemple, votre ado a été en retard au collège et vous souhaitez revenir sur la question du respect des horaires. Il vous explique qu'il n'a pas dormi la nuit précédente : il était stressé par le contrôle du jour. Si vous lui répondez « Je ne suis pas d'accord avec cette excuse », vous fermez le dialogue. En revanche, si vous reformulez son propos « Tu n'as pas assez dormi, tu étais contrarié… » en lui demandant de clarifier son état de fatigue et de stress (en évitant de juger et d'interpréter), vous êtes sur le chemin de la solution : que peut-il faire la veille d'un contrôle pour mieux dormir ?
Je vous invite ici à donner une chance à votre ado de vous expliquer calmement les raisons de son retard. Si vous partez du postulat qu'il vous fait tourner en bourrique, vous coupez le lien. Partez plutôt du principe qu'il vous dit la vérité. Au fur et à mesure de l'échange, vous pourrez ensemble clarifier la situation et l'inviter à prendre ses responsabilités si la raison de son retard est tout autre.
Cette pratique marche dans les deux sens. Lorsque vous vous adressez à lui, demandez à votre ado s'il a bien compris vos propos, si vous parlez bien tous les deux de la même chose. Lui suggérer de répéter ce que vous venez de dire peut lui paraître bizarre ou inconfortable, pourtant c'est important : cette forme d'écho vous permet de vérifier que vous allez au même endroit.
Par exemple, alors que vous venez de l'autoriser à sortir un samedi soir, vous ajoutez au dernier moment : « Ne rentre pas après minuit ! » Il vous répond « Oui, oui » tout en envoyant un SMS pour demander qui sera là et en réfléchissant à sa tenue… L'information est passée inaperçue, et à 2 heures du matin il n'est toujours pas rentré. Lui demander de reformuler votre consigne vous permettra d'être certain que l'information a été clairement enregistrée.

Des idées pour adoucir le quotidien

✳ S'exercer au 6/9

Le dialogue est fondamental pour la construction de relations saines et sereines, où chacun respecte le point de vue de l'autre. Un dialogue construit sur l'écoute et l'attention portée à ses besoins et à ceux de l'autre permet de créer des liens profonds et solides. C'est ce à quoi cet exercice très simple vous invite. Prenez une feuille blanche et un stylo, un feutre ou un crayon. N'oubliez pas non plus les mots « amour » et « humour ».

Écrivez en gros le chiffre 6 sur la feuille, posez-la sur le sol et installez-vous du côté qui vous permet de voir le chiffre 6. Demandez à votre ado de se mettre de l'autre côté, face au chiffre 9. Prenez conscience de cette situation. Il est inscrit une seule et même chose, et pourtant, en fonction de l'endroit où vous vous trouvez, vous ne voyez pas la même chose. Vous voyez un 6 quand lui regarde un 9. Les situations conflictuelles naissent de notre entêtement à vouloir camper sur nos positions. Votre ado peut vous crier qu'il voit un 9 et vous pouvez lui répondre avec vivacité et certitude que vous voyez un 6, et vous avez raison, chacun d'entre vous a raison. Vous comprenez tous deux à quel point cette discussion est sans fin, et ce débat, stérile. Regardez bien votre 6, puis placez-vous à côté de votre ado et observez que, de sa position, il voit bien un 9. Proposez-lui ensuite de venir avec vous, de « votre côté », afin qu'il puisse constater que ce que vous voyiez était bien un 6. Demandez-vous, ensemble, quel enseignement vous pouvez tirer de cette expérience. Qu'avez-vous appris ? N'oubliez pas de vous écouter.

✳ Trouver des exceptions

Cette technique (déjà abordée et qui mérite une répétition) permet de sortir des « toujours » et des « jamais » qui alimentent les situations critiques. Par exemple, lorsque vous pensez « Il ne veut jamais faire ses devoirs », interrogez-vous : il est probable que votre ado s'est mis à ses devoirs au moins une fois avec plaisir, ou du moins sans trop râler. S'il existe une exception à la règle,

alors tout est possible ! Cela permet de valoriser la possibilité d'une amélioration et de repérer les conditions qui ont permis cette exception.
Je vous invite à observer ces moments d'exception, même s'ils sont rares. Analysez le contexte dans lequel se produisent ces « petits miracles » pour essayer de les reproduire dans le futur. Essayez aussi de voir, de percevoir et de sentir, ce que votre ado vit dans ces moments-là. N'interprétez pas, ne ramenez rien à vous, mais tentez d'accueillir ce qui se passe avec le plus d'objectivité et de douceur possible.

✳ Transformer les jugements en observations

Ici, je vous propose une pirouette mentale qui consiste à distinguer une observation d'une évaluation ou d'un jugement.

Tu ne ranges jamais ta chambre.	Je vois du linge sale sur ton lit, plusieurs manteaux sur ta chaise et des livres éparpillés par terre.
Tu es nul en maths.	Sur dix contrôles, tu n'as pas eu la moyenne qu'une seule fois.
Tu ne sais pas t'organiser dans tes devoirs.	Tu ne commences à réviser qu'à la veille de tes contrôles.
Tu ne fais jamais ce que je te demande.	Les trois dernières fois où je t'ai demandé de ranger tes affaires, tu as reporté au lendemain, sans le faire.
Tu es tête en l'air.	Quand tu as sport, tu ne prends pas tes baskets.

Quand nous mélangeons constats et avis, notre ado se crispe, se sent jugé, incompris, rejeté. Il résiste alors, au dialogue comme au changement. Mieux vaut donc nous garder de toute généralisation et autres distorsions cognitives pour nous en tenir aux faits, et avancer, ensemble, à partir de la réalité.

WARNING
Quand s'inquiéter ?

Le silence des adolescents entre en résonance avec le bouillonnement qui les habite. Il est compliqué de traduire en mots toutes ces choses nouvelles qui arrivent en même temps, les bouleversements du corps comme les relations aux autres. Pour se construire, ils ont donc besoin de jeter un voile pudique et opaque entre eux et leurs parents, pour ne pas être devinés et pour mûrir à l'abri des préjugés.

C'est ce qu'exprime Sarah lors de nos premiers échanges : « Ce n'est pas que je ne dis rien à ma mère ! C'est juste que je n'ai pas envie de *tout* lui dire. Et comme, quand on discute, ça tourne vite à l'interrogatoire de police, je préfère me taire. Mais je vous rassure, je n'ai pas de problèmes de communication avec mes potes ou avec mes profs ! »

C'est d'ailleurs là toute la différence entre un silence qualifié de normal et un repli sur soi plus inquiétant. Si celui-ci intervient de façon brutale, s'il ne concerne pas seulement les parents, mais plus globalement l'entourage, s'il touche même les domaines qui intéressaient autrefois l'adolescent, alors il convient de s'alerter. Et s'il excède trois ou quatre mois, il est nécessaire de consulter. Là encore, sans braquer l'adolescent par un discours négatif et culpabilisateur, utilisez le « nous » pour témoigner de votre implication. Plutôt que « Tu vas aller voir un psy ! », mieux vaut commencer par : « Nous avons le sentiment que nous ne nous comprenons plus. Est-ce que tu serais d'accord pour que nous fassions appel à quelqu'un ? »

LES APPRENTISSAGES

Le point de vue de Simon

Lorsque je demande à Simon pour quelle raison il se trouve dans mon cabinet, voici, à quelques virgules près, les premiers mots qui sortent de sa bouche.

Moi, les notes, je n'en ai rien à foutre ! Pour mes parents, c'est un peu le graal absolu, ce truc qu'il faut atteindre ou obtenir pour être un héros. Bullshit. C'est vrai, je m'éclate bien plus à créer des bateaux en bois qu'à avoir 15 en maths. Au moins, c'est réel. Et puis, les maths, je capte tout, c'est juste que le prof veut que je donne SA réponse. Son modèle. J'adore les maths pour l'exercice cérébral que ça me permet de faire. Mais si la gym de mon cerveau est contrainte par une méthode, celle du prof, où sont la liberté et l'apprentissage ? Avec mes bateaux en bois, je suis dans le réel, l'expérience. Dans une forme de liberté de la réalité. Je ne suis pas contraint. Je teste, je rate, je recommence. J'apprends. J'ai appris à coder, à programmer, à construire, et tout ça à ma manière. Les tutos YouTube me permettent d'avoir un focus sur la partie théorique, et je vois le résultat. Alors, l'école et ses notes... une vaste blague, pour moi ! C'est dommage, j'adore apprendre. Je me sens débile à l'école. Comme si je ne savais pas apprendre. Je ne veux pas penser ça de moi, alors je m'anesthésie. Je me noie dans une forme de mollesse. Comme si tout devenait gris...

Selon la mère de Simon, son fils est complètement démotivé. Sans envie, sans projet, il entre en première avec pour seul enthousiasme l'envie de ses parents. Sa question est simple : comment remotiver un ado sans aucune motivation personnelle ? Comment lui permettre de (re)trouver le sens du travail, un sens qu'il semble avoir perdu ou n'avoir jamais découvert ?

L'école, les cours, les devoirs, les notes, l'avenir... Apprendre, comprendre, retenir... Vastes sujets au cœur de bien des débats familiaux, houleux parfois. Comment donner à votre ado le goût du savoir, comment marcher avec lui sur le chemin de la connaissance ?

Le temps consacré aux apprentissages à la maison peut être plus ou moins long et plus ou moins délicieux. Parce que, soyons honnêtes, après une journée au collège, se remettre au travail est une corvée, voire un cauchemar. L'idée même peut entraîner une mollesse chronique, l'arrêt brutal de toute connexion neuronale. Votre ado n'a pas envie d'étudier parce que « ça ne sert à rien » et vous n'avez pas envie de lutter parce que vous avez vous-même travaillé toute la journée. Et puis... quand deviendra-t-il autonome et responsable ?

La situation est complexe, d'autant que, pour vous, son père ou sa mère, les enjeux de sa scolarité deviennent de plus en plus importants. Votre enfant doit se préparer à ses premiers examens, surveiller ses notes, dont va dépendre la suite de ses études... Or, sa nonchalance apparente, associée à ses élans maladroits et « irresponsables » de liberté et d'autonomie, peut vous donner l'impression d'être impuissant. Vous semblez être le seul à vous soucier de son avenir, et ça vous agace.

Ce chapitre vous invite à comprendre ce qu'est... apprendre. Pour vous comme pour votre ado. L'idée ? Prendre conscience des vrais enjeux que présente l'apprentissage pour adoucir vos discussions et autres débats sur le sujet. L'objectif ? Que vous deveniez le copilote confiant et disponible (quand vous le pouvez, évidemment, nous le verrons) dont votre enfant a besoin pour avancer dans sa scolarité.

Ce que les ados disent

J'ai envie d'étudier, mais je n'arrive pas à me motiver.

J'aime apprendre, mais ce que j'apprends à l'école n'a pas de sens.

Ils veulent trop que je réussisse et ça me met la pression.

Je ne sais pas trop ce que je vais faire de moi plus tard.

Mes parents me donnent leurs trucs, mais ça ne marche pas.

J'avoue que je préfère passer plus de temps avec mes potes, et moins devant mes cahiers.

Ce que les parents en pensent

Les ados se fichent totalement de l'école.

Il refuse toujours l'aide qu'on lui propose.

Il travaille toujours à la dernière minute, et ne s'avance jamais.

Il ne pense pas à son avenir...

La question des devoirs, c'est l'enfer.

Il n'est jamais motivé. C'est un fainéant !

Quand va-t-il trouver la motivation pour choisir et donner un sens à sa vie ?!

Et vous ? Qu'en pensez-vous ?

Complétez cette liste avec vos propres croyances :

____

____

____

____

Maintenant, je vous propose d'en parler autour de vous. Échangez avec votre conjoint, vos amis, d'autres parents. Faites danser votre esprit critique et votre sens de l'écoute. Même si cela vous paraît étonnant, expérimentez ! Le partage permet de prendre du recul, d'élargir son point de vue et de sortir de certaines situations quand elles semblent dans l'impasse. Il se pourrait que vous appreniez des tas de choses et que vous vous sentiez moins seul…

Ce que dit la théorie

Un geste naturel

Apprendre… mais qu'est-ce qu'apprendre ? Que cache ce mot que nous utilisons volontiers et que nous répétons en permanence lorsqu'il s'agit de la scolarité de nos enfants ? Qu'est-ce qui se joue quand on apprend ? Et peut-on véritablement perdre le goût ou l'intérêt d'apprendre ?

Apprendre est un acte naturel, un élan immuable que chacun conserve pour toujours et à jamais. Comme une prophétie, je vous annonce que votre ado apprendra jusqu'à la fin de sa vie. Comme vous, d'ailleurs, car nous avons besoin de nous adapter à l'évolution de notre environnement. Apprendre, c'est une succession de gestes mentaux qui nous permet de découvrir cet environnement et de nous y adapter. Vivre, c'est donc apprendre, ou apprendre, c'est vivre, à votre convenance.

Aussi bluffant que cela puisse paraître, l'apprentissage n'est pas seulement réservé aux êtres humains. En effet, nous ne sommes pas la seule espèce à avoir ce privilège : tout organisme vivant a besoin de s'adapter à son environnement. La paramécie, organisme vivant unicellulaire, en est la preuve vivante ! Son observation a permis scientifiquement de confirmer sa capacité d'apprentissage, sans aucun prérequis : malgré son unique cellule, elle s'habitue à la perception régulière d'une goutte d'eau.

Incroyable, n'est-ce pas ? Apprendre est non seulement naturel, mais nous en avons tous la capacité, même l'ado qui est affalé sur votre canapé.

Un geste personnel

Partout, tout le temps, même en dehors de tout lieu dédié à l'apprentissage (l'école en première ligne), nous pouvons engranger de l'information. Mais, parce que nous sommes des êtres sociaux, nos croyances culturelles, sociales, familiales, sont autant de filtres par lesquels passent les informations que nous percevons de l'extérieur. Le processus d'apprentissage est donc naturel, mais il est aussi coloré de nos expériences. Nous apprenons tous à notre manière, parce que nous sommes des personnes singulières et différentes. C'est le cas pour votre enfant, qui devient grand : ce qui fonctionne pour vous peut ne pas fonctionner pour lui, car il est une personne différente de vous, même s'il vous ressemble beaucoup.

Avoir conscience que nos croyances teintent nos apprentissages est le premier pas pour avancer sur ce chemin sinueux de la scolarité. Être prêt, avoir envie de transformer nos certitudes et nos croyances pour s'ouvrir pleinement à l'apprentissage est le second. Il s'agit pour nous de devenir flexibles au point d'accueillir la nouveauté. Tel est l'enjeu ! Seulement, muscler un œil libre et neuf nécessite un léger prérequis : mettre au placard notre besoin de contrôle et accepter d'être surpris par l'inconnu, l'inédit, la vie. Vaste programme !

Apprendre consistant à interagir avec la nouveauté, à se frotter à l'inconnu, cela suppose de sortir de sa zone de confort. Et ça, ça fait peur ! À ce moment précis, deux forces en puissance entrent en jeu : d'un côté, il y a la curiosité, l'envie de se dépasser, le défi, en somme ; de l'autre, il y a la sécurité, l'habitude, le confort. Apprendre est un équilibre entre défi et sécurité, et trouver cet équilibre n'est pas toujours simple. Tâtonner, pas à pas, à son rythme, permet de révéler ses propres clés d'apprentissage et ses sources de motivation interne (de plaisir, de récompense), et se tourner vers notre corps et nos sensations est un premier pas.

Un geste sensitif

En apprenant, nous nous enrichissons, nous faisons entrer une information (quelle que soit sa nature) de l'extérieur à l'intérieur de nous-mêmes. Comment ? Par le corps, par nos sens. Le toucher, l'ouïe, le goût, l'odorat, la vue deviennent alors les portes d'entrée de nos apprentissages. Nous identifions une nouvelle saveur quand nous goûtons un plat pour la première fois, une nouvelle texture quand nous touchons une matière pour la première fois...

Apprendre, c'est une expérience, une découverte, dont la première étape est sensitive. Plus nous portons notre attention à l'expérience en tant que telle et plus nous permettons au processus d'apprentissage de se lancer. Être attentifs, ouvrir pleinement nos sens à l'expérience (une attention sélective et focalisée sur l'objet de notre attention) est donc le point d'ancrage d'un apprentissage réussi, le premier geste qui permet d'entrer dans l'expérience. Notre corps est ici un allié de taille : il est notre baromètre et notre point d'appui.

Ce premier geste qu'est l'attention, socle du processus d'apprentissage, est suivi de quatre autres gestes selon Antoine de La Garanderie, pédagogue français du XXe siècle :

- La mémorisation, qui consiste en la création d'un stock de connaissances ;
- La compréhension, qui met du sens dans ce stock de connaissances ;
- La réflexion, qui permet de faire des liens entre ces connaissances ;
- L'imagination, qui invite à créer des solutions nouvelles à partir de ces connaissances.

Ces cinq gestes, liés et interdépendants, permettent à chacun d'apprendre.

Un geste singulier

Apprendre est donc un processus qui nous permet d'intérioriser de nouvelles informations, un processus à la fois naturel et personnel, qui nous offre la possibilité de nous enrichir et d'accueillir à notre manière le monde qui nous entoure. Alors, pour quelles raisons cet élan si humain, et sur le papier si exceptionnel, se tarit-il au cours de la vie ? Pourquoi perdons-nous le goût d'apprendre ?

Les raisons sont nombreuses : peur du regard de l'autre, souci de la perfection, réticence à échouer ou manque de sens, entre autres, sont autant de freins à notre motivation et à notre curiosité naturelle. Gardez en tête que la fainéantise n'existe pas : repousser l'apprentissage cache des mécanismes de protection plus ou moins conscients.

Et puis, l'apprentissage repose sur bien des facteurs. Nous avons évoqué la question de nos croyances, qui peuvent être culturelles : nous n'apprenons pas de la même manière en Inde qu'en Italie, car les enjeux et les exigences n'y sont pas les mêmes. Les croyances familiales jouent aussi leur rôle : si nous entendons depuis notre enfance que, « dans la famille, nous sommes tous mauvais en maths », nous voilà conditionnés dès le départ à peu apprécier cette discipline.

Apprendre est donc un processus à la fois complexe et simple : complexe parce que propre à chacun, et simple parce que très instinctif ; complexe, parce que relationnel, et simple, parce que les solutions sont là, à l'intérieur de nous. Il est par conséquent important de les laisser émerger pour oser apprendre à sa manière, et retrouver le goût de le faire.

Comment s'adapter à la situation ?

Apprentissage et éducation sont fortement liés et interdépendants : on éduque en transmettant des apprentissages, et on apprend grâce à l'éducation. Pour être le juste partenaire de votre ado et de son processus d'apprentissage, il est important de prendre un peu de recul sur votre propre manière d'apprendre. Être avec l'autre, l'accompagner, c'est avant toute chose s'observer. Cela peut sembler contre-intuitif, mais c'est bien en prenant de la distance critique avec soi-même et les projections que l'on peut faire consciemment ou inconsciemment sur l'autre que l'on parvient à se libérer et à accueillir l'autre pour ce qu'il est et là où il en est.

Exercice

Quelle relation entretenez-vous avec l'école ?

Je vous invite à mettre de côté un instant votre posture de parent pour vous replonger dans votre peau d'élève.

L'école et vous

→ Aimiez-vous l'école ? Pourquoi ?
→ Étiez-vous inspiré par vos profs ? Lesquels et pourquoi ?
→ Était-il important pour vous d'avoir de bonnes notes ?
→ Étiez-vous bon élève ? Qu'est-ce qu'un « bon élève » pour vous ?
→ Aviez-vous des activités extrascolaires ? Les pratiquiez-vous avec plaisir ?

L'apprentissage et vous

→ Étiez-vous facilement motivé ? Quels étaient vos leviers internes et externes de motivation ?
→ Apprendre était-il facile ou difficile, pour vous ? Pourquoi ?
→ Comment appreniez-vous ?

Vos parents, les autres et vos apprentissages

→ Quelle était l'implication de vos parents dans vos apprentissages ?

- → Étaient-ils attentifs ? directifs ? peu impliqués ? confiants ?...
- → La personnalité de vos profs avait-elle un impact sur votre investissement ? Pourquoi ?
- → Aviez-vous besoin d'être accompagné ? Par un prof ? des amis ? vos parents ?
- → Vous compariez-vous aux autres ? Si oui, comment ?

Et aujourd'hui

- → Apprendre, c'est quoi pour vous ?
- → Comment apprenez-vous maintenant ?
- → Avec du recul, quelle est la place de votre expérience scolaire dans votre construction ?
- → Avez-vous des regrets ? Lesquels et pourquoi ?
- → Avez-vous des motifs de fierté ? Lesquels et pourquoi ?

Merci pour l'attention que vous venez de vous porter ! Vous voilà désormais reconnecté avec cette part de vous, cet « élève intérieur » tapi quelque part au fond de vous. Vos expériences — et l'apprentissage en fait partie — sont avant tout personnelles. Toutes les réponses à ces questions sont une invitation à un éclairage sur la façon dont vous vous êtes construit et sur le caractère unique de cette construction.

Prenez du recul

✳ Vous n'apprenez pas comme lui

Pour votre ado, l'histoire est légèrement différente. Si vous lui proposez de répondre à ces questions, il se pourrait que ses réponses soient similaires aux vôtres... ou pas du tout ! Souvenez-vous qu'il vit les choses à sa façon, dans un contexte différent, à l'aune d'un regard qui lui est propre. L'expérience n'est donc pas comparable. Nous voyons le monde au travers d'un prisme assez unique, le nôtre. Nous sommes ainsi faits, et il est difficile d'accueillir la différence tant nous manquons d'habitude à ce sujet.

Comprendre et accepter l'altérité, même (et peut être encore plus) celle des êtres qui nous sont chers, n'est pas une mince affaire. Votre ado peut avoir un rythme différent du vôtre, détester les fiches quand bien même vous les avez adorées, préférer marcher pour apprendre alors que vous avez apprécié votre bureau, etc. Je vous invite à le

questionner sur ses préférences plutôt que le conseiller au regard de votre manière de faire, sauf s'il vous demande votre point de vue. Et si c'est le cas, n'oubliez pas de lui préciser qu'il s'agit bien de votre manière d'apprendre et que ce n'est pour lui qu'une piste, un partage. Prenez conscience que nous avons tous notre manière propre d'apprendre et faites-en l'expérience maintenant ! Chacun de nous appréhende le monde qui l'environne à l'aide de ses cinq sens, mais personne n'évoque les informations de la même façon. La manière dont on fait exister l'information dans notre tête s'appelle l'évocation.
Il existe plusieurs préférences d'évocation.

→ **Évocation visuelle :** je vois des images dans ma tête, comme des photos ou comme un film.
→ **Évocation auditive :** je réentends dans ma tête des sons ou des paroles.
→ **Évocation verbale :** je me parle dans ma tête ou je me vois dans une image.
→ **Évocation kinesthésique :** je ressens les mouvements, les sensations, les odeurs, les goûts...

Je vous invite à écrire un mot (fraise, chocolat, avion...) sur une feuille. Montrez-le à votre ado et prenez l'un et l'autre quelques secondes pour le faire exister dans votre tête. Le mot peut prendre la forme d'une image, d'un son, d'une sensation... Ensuite, discutez de ce qui s'est passé pour chacun de vous. Avez-vous vu des images ? Lesquelles ? Avez-vous entendu des sons ? Ressenti des sensations ? Enfin, reproduisez l'expérience avec un mot que vous allez, cette fois, dire à haute voix. Utilisez-vous le même canal pour le faire exister ? Expliquez à votre ado la différence entre les différentes évocations et demandez-lui laquelle (ou lesquelles) il préfère. Confiez-lui la vôtre (ou les vôtres). Il est important qu'il comprenne ce qui se passe dans *sa* tête, qu'il ressente, se sente évoquer, penser à sa manière. Vous lui direz enfin qu'il est important de passer par *son* canal de prédilection, et non par le vôtre ou par celui de quelqu'un d'autre ! Il s'agit pour lui d'écrire ou de faire des dessins si son canal d'évocation est visuel, de faire les cent pas s'il est kinesthésique ou de s'enregistrer en train de lire son cours puis de s'écouter s'il est auditif.

✳ Vous n'êtes pas parfait, il ne l'est pas non plus

Et puis, entre en jeu l'exigence. À ce sujet, nous avons tendance à imposer à nos enfants une exigence souvent proportionnelle à l'exigence que nous avons vis-à-vis de nous-mêmes. Une personne qui m'est chère m'a dit un jour : « Oserais-tu traiter d'imbécile ta voisine parce qu'elle n'a pas fait sa séance de yoga ce matin ? Pourrais-tu lui dire en face qu'elle est une espèce d'imbécile ? Non ? Alors, pourquoi te le dis-tu ? Quelle violence, Jess ! » Certes. Je me suis alors demandé comment il était possible de s'infliger à soi-même cette violence, une violence que je n'infligerais pas à ma pire ennemie, et encore moins à ma voisine, que j'aime beaucoup.

C'est un fait, nous sommes plus exigeants avec nous-mêmes qu'avec les autres, et nos proches, ados compris, subissent le même sort que nous ! Nos enjeux, nos projections, nos attentes nous empêchent, bien inconsciemment, de regarder notre enfant comme un être en développement, alors nous projetons sur lui la même exigence que celle que nous nous imposons.

Commencez donc par vous demander quelles sont les raisons pour lesquelles vous vous imposez une telle exigence de perfection. Qu'est-ce qui se joue réellement pour vous, père ou mère, dans la réussite de votre ado ? Que souhaitez-vous pour lui ? L'excellence, vraiment ? Pourquoi une telle exigence ? Pour quelles raisons la projetez-vous sur votre enfant ? Sa vie ne lui appartient-elle pas ? Ne restez pas seul avec ces questions : partagez entre adultes, discutez-en autour de vous, demandez à votre conjoint, à des amis, à vos propres parents, ce qu'ils en pensent.

Avant de conclure, permettez-moi de vous rappeler que votre ado, avant d'être un élève, est votre enfant. Il est une personne dont la manière et le rythme d'apprentissage diffèrent des vôtres et de ceux de tout autre. Comme nous allons le voir, chacun intègre l'information comme il la perçoit et prend son temps

(le sien, donc) pour y parvenir. Il existe autant de manières d'apprendre que de personnalités.
Alors, quand vous vous sentez agacé par la manière dont votre ado aborde l'apprentissage, je vous propose une petite gymnastique intellectuelle : comment réagiriez-vous si, à ce moment-là, il ne s'agissait pas de votre enfant mais du fils ou de la fille d'un ami ? Seriez-vous aussi irrité ou feriez-vous preuve de plus de douceur, de patience et de bienveillance ?
Reconnectez-vous en douceur à vos peurs d'ado et d'élève, qui sont devenues au fil du temps des peurs d'adulte, amplifiées par le stress et la performance qui règnent dans la société actuelle. Cette prise de conscience vous permettra d'accueillir les difficultés rencontrées par votre ado pour mieux l'accompagner. Je vous invite à lui donner votre attention, à tendre l'oreille et à l'écouter pour vous ouvrir à sa façon d'être et d'apprendre.

Ce qui se passe en lui

Entre idéal et (dé)motivation

Ce qui se joue ici est avant tout une question d'emplacement. La difficulté que vous pouvez rencontrer dans la relation avec votre ado au sujet de l'apprentissage tient au fait que vous ne vous trouvez pas au même endroit. Même si, de loin, il a tout d'un adulte (sa taille, son poids et sa morphologie aidant), il est encore un peu dans le monde de l'enfance.
Rappelez-vous : le cerveau atteint sa maturité vers l'âge de 20 ans. Avant, certaines fonctions cérébrales sont encore en développement. C'est donc à vous, adulte doté de la maturité nécessaire à la prise de recul, d'être un exemple, un modèle pour lui. Même si votre ado affiche mollesse et nonchalance ostentatoires, même quand vous avez l'impression qu'il n'y a pas de son, pas d'image, sachez qu'il se passe quelque chose. Pas forcément ce dont vous rêvez pour lui, évidemment, mais quelque chose quand même, et ce quelque chose est pour lui une libération ! Il expérimente

la pensée concrète et autonome, le plaisir de découvrir. Il commence à toucher du doigt ses valeurs, il avance vers un idéal, et trouvera le chemin pour exprimer les premières haut et fort et s'approprier le second envers et contre tout. Il est donc fondamental ici de le laisser crier dans son porte-voix. Vous lui permettrez ainsi de cheminer dans sa quête de sens. Progressivement, il pourra tester ses idéaux dans le réel pour que sa pensée propre trouve un compromis avec la réalité.

Dans son apprentissage, cela peut se traduire par un désengagement de tout ce qui n'a pas de sens à ses yeux. Vous le savez, cela inclut tout un tas de choses, dont l'école et son lot de devoirs, de pressions, de notes, de contraintes, etc. Alors, comment le (ré)engager dans son apprentissage ?

De quoi a-t-il besoin ?

✳ Il a besoin de sens

Votre ado rechigne à travailler. Pour lui, comme pour Simon, travailler à l'école n'a pas de sens, n'a pas d'intérêt. Redonner du sens à l'apprentissage, reconnaître son intérêt, c'est se réapproprier sa manière d'apprendre, c'est comprendre qu'apprendre est un double mouvement, de transmission (par un prof, une vidéo, un livre…) et de réception. Sur le premier, nous n'avons que peu de prise, mais sur le second, tout est entre nos mains !

Ce que dit Simon (suite)

Je ne vois pas ce que le français peut m'apporter dans la vie, je veux devenir ingénieur.

Pour Simon, les apprentissages « en trop » sont inutiles. Je lui explique que l'objectif de l'école est avant tout de l'aider à faire fonctionner sa machine à idées. Les théorèmes en maths ou les études de doc en histoire ont comme intérêt premier de lui permettre de découvrir toutes les fonctions de son cerveau, pour pouvoir en profiter. Il est alors curieux de ces fameuses fonctions…

Voici ce que je dis à Simon (et que vous pouvez dire à votre ado) : « Les fonctions exécutives de ton cerveau, celles qui te permettent de jouer avec tes pensées et de mettre en place des actions pour réaliser tout un tas de choses (ton bateau en bois, par exemple), ressemblent à une tour de contrôle du trafic aérien. Dans un aéroport, les arrivées et les départs de tous les avions doivent être gérés et organisés efficacement afin que tout se passe au mieux sur les pistes. Évidemment, cette orchestration ne repose pas sur une seule personne : différentes équipes interagissent les unes avec les autres pour s'assurer que tout se déroule sans problème. Les fonctions exécutives assurent un rôle similaire en gérant les pensées et les distractions tout en planifiant les actions afin d'accomplir les diverses tâches. Tout comme la tour de contrôle, les fonctions exécutives regroupent différentes équipes, des composantes, qui jouent chacune un rôle important. Les trois plus importantes sont l'inhibition, la flexibilité cognitive, ou flexibilité mentale, et la mémoire de travail. Pour réaliser une tâche, ces composantes sont mobilisées simultanément, et chacune d'entre elles assure un rôle particulier. »
Revenons un instant sur ces fonctions...

- L'inhibition renvoie au contrôle intentionnel des pensées, des comportements et des impulsions. C'est grâce à elle que nous pouvons mettre de côté les distractions et nous concentrer sur la tâche à accomplir. Les adolescents sont en plein développement de leur capacité d'autocontrôle. Socialement, par exemple, ils sont en mesure d'inhiber plus facilement certains comportements pour réagir et répondre de manière socialement attendue et appropriée. Pour les devoirs, cela peut être plus complexe ou, plus exactement, en cours d'acquisition.
- La mémoire de travail nous permet de mémoriser des informations pour ensuite les manipuler pendant une courte période. Nous pouvons ainsi nous rappeler certaines informations au moment opportun, et les modifier ou les ajuster selon la tâche demandée. Les adolescents sont en

mesure de garder des informations en mémoire sur une plus longue période. Ils peuvent, par exemple, se rappeler simultanément différentes tâches à accomplir et plusieurs stratégies à utiliser.

- La flexibilité cognitive fait référence à la capacité d'effectuer différentes tâches en les alternant et de s'adapter aux changements qui surviennent. Cette composante nous permet de prendre conscience de nos erreurs et d'y remédier en trouvant diverses solutions. Les capacités de flexibilité cognitive s'améliorent sur le plan de la précision. Les adolescents sont en mesure de revoir leurs actions et le plan qu'ils s'étaient fixé au regard des changements qui se produisent.
- D'autres fonctions, tout aussi importantes mais moins abordées, comme l'initiation (trouver le bon moment pour s'y mettre), la planification (envisager les étapes à suivre) et l'organisation (se concentrer pour mettre en œuvre) sont encore en cours d'installation à l'adolescence.

Je propose alors aux parents de Simon d'être attentifs et sensibles à la manière d'apprendre de leur fils, qui a besoin de toucher avec ses mains, de bouger pendant ses devoirs, de se raconter des histoires pour apprendre, même les maths. En prenant conscience que ce jeune garçon est encore en cours d'appropriation de ces différentes aptitudes et qu'il peut apprendre d'une autre manière que ses parents (lui n'a pas besoin de faire des fiches, contrairement à sa mère), ils adoptent des comportements plus appropriés et créent un environnement de qualité pour que Simon puisse exercer et développer ses fonctions exécutives.

Votre ado a envie de devenir autonome, et vous aussi en rêvez, mais il a encore un peu besoin de vous et de votre regard confiant pour continuer à grandir. Comme Simon, il a besoin d'être reconnu dans sa manière d'apprendre et son rythme d'apprentissage, pour en retrouver le sens. Il a besoin d'aide pour cela, peut-être bien celle de ses parents.

✳ Il a besoin de trouver sa motivation externe pour développer sa motivation interne

Motivation rime avec... rien ! Vous avez l'impression que ce concept est totalement étranger à votre ado, et pourtant elle est là, tapie dans l'ombre, prête à surgir. Il suffit de la titiller un peu. Pour ça, il convient de distinguer la motivation interne, qui vient de soi, et la motivation externe, donnée par un élément extérieur au domaine concerné. Par exemple, votre ado peut détester ses leçons de langue vivante jusqu'à ce qu'il tombe amoureux d'un Espagnol ou d'une Italienne, et ne change d'avis ! L'énorme intérêt de la motivation externe, c'est qu'elle peut être très variée et se cacher à peu près n'importe où autour de nous : un environnement de travail sympathique, le charisme d'un prof, de jolis cahiers ou de nouveaux stylos, et hop ! voilà l'adolescent bien plus enthousiaste à l'idée de s'y mettre.

Si vous devez utiliser une carotte pour booster sa motivation externe, privilégiez les motivateurs sociaux (les gens !) aux motivateurs matériaux (objets onéreux, en général rapidement inutiles). Demandez à votre ado quelle activité spéciale il souhaite réaliser et avec qui (un laser game, une sortie entre amis, une soirée pyjama...).

Pour favoriser cette mise en route, vous pouvez proposer à votre ado de soigner le décor : trouver un lieu qu'il apprécie (son bureau, la table du salon, le bar de la cuisine), préparer le bon matériel (feutres, feuilles, Post-it...), s'offrir une tasse de thé ou un verre de lait, prendre quelques amandes ou croquer un fruit... L'idée est de créer un environnement favorable.

Enfin, n'oubliez pas que bouger notre corps permet à notre cerveau de se mettre en route et de pétiller. Votre ado a besoin de s'autoriser à se mouvoir, voire à gesticuler, en travaillant si cela l'aide. Se balancer, marcher, utiliser un ballon de Pilates comme siège, travailler debout...

✳ Il a besoin de s'organiser

Je vous donne ici trois clés qui devraient lui permettre de bien s'organiser.

- **Il a besoin de se mettre en projet,** et donc de comprendre par où il doit commencer. Or, reconnaître et mémoriser sont deux projets différents. Par exemple, regardez le logo de la RATP pour le reconnaître. Cachez-le et dessinez ce que vous avez mémorisé sur une feuille. Comparez votre croquis avec le vrai logo, et repérez les différences. Le processus d'apprentissage dépend du projet. Si votre projet est de reconnaître, alors votre cerveau va mettre en œuvre les actions nécessaires à la reconnaissance, mais celles-ci ne seront pas suffisantes pour une mémorisation précise. *A contrario,* si votre projet est d'apprendre une leçon pour pouvoir la réciter dans une demi-heure, il est fort probable que vous l'aurez oubliée le lendemain. Si vous voulez la garder en mémoire longtemps, vous devrez faire travailler votre cerveau en conséquence. En conclusion, nous mémorisons mieux si nous avons un projet précis.
- **Il a besoin de découper son travail en petites tâches.** Le Japon est une source d'inspiration grâce au *kaizen,* une méthode qui repose sur un constat : nos projets personnels ou professionnels, aussi formidables et enthousiasmants soient-ils, peuvent ne jamais voir le jour simplement parce qu'ils représentent une montagne insurmontable. Pour y parvenir néanmoins, le *kaizen* propose de décomposer l'ascension en une série d'étapes. Un « bon » objectif est atteignable, mesurable, limité dans le temps, individualisé et ne dépendant que de soi. Il peut aussi avoir un caractère exceptionnel. Retenez que tout objectif, à condition qu'il soit réaliste, est possible. Avoir un projet ambitieux mais faisable permet d'élargir son horizon. Par exemple, une séance de devoirs de deux heures avec deux exercices de français, une leçon d'histoire et quatre problèmes de maths peut être découpée en quatre demi-heures et trois pauses.
- **Il a besoin d'utiliser des outils visuels, comme le** *mindmapping. Mind* signifie « esprit » en anglais (au sens du cerveau qui réfléchit) et *map* veut dire « carte ». Le *mindmapping* est donc l'action de cartographier son cerveau

en train de réfléchir. Théorisée par le psychologue anglais Tony Buzan dans les années 1970, la méthode consiste à représenter l'information de manière spatiale, visuelle et graphique sur une feuille. Ainsi, l'apprentissage repose sur l'aptitude naturelle du cerveau à fonctionner en arborescence, à la différence de la représentation linéaire, qui, elle, empile les idées les unes sur les autres. Votre ado peut utiliser cet outil pour organiser son emploi du temps, ses idées, son travail… Cela lui permettra d'y voir bien plus clair et d'avancer en confiance dans la réalisation de ses projets. En pratique, pour construire une carte qui respecte son cerveau et l'aide à pétiller, il est important d'avoir du matériel qui le mette en joie : feutres, crayons, feuille blanche en format paysage… Votre enfant place le sujet principal au centre de la feuille, dans un nuage, et il trace à partir de là les branches principales du sujet dans le sens des aiguilles d'une montre. À chaque nouvelle idée, une nouvelle branche. Sur des branches secondaires, plus petites et horizontales, pour faciliter la lecture, il détaille et précise les idées des grandes branches à l'aide de mots-clés. Ces mots doivent être écrits sur juste au-dessus des branches, ni au bout ni en dessous. Il peut ajouter des images, des dessins, des pictogrammes, qui viendront faire appel à ses sens, à ses émotions, et favoriseront les associations d'idées. Enfin, il ajoute de la couleur à son schéma, une pour chaque branche principale et ses ramifications, car la couleur favorise la mémorisation. Si votre enfant a du mal avec le dessin, sachez que le logiciel Xmind permet de construire des cartes sur un ordinateur.

✳ Il a besoin de muscler sa concentration

La concentration est ce mouvement qui permet de créer une bulle autour de soi afin de rester focalisé sur ce qu'on est en train de faire. Elle peut être interrompue ou dérangée par des distractions externes (bruits, mouvements, personnes autour de nous) et internes (pensées, émotions…). Une fois notre concentration perdue, il est difficile de se replonger dans le travail. Il

est donc intéressant de la muscler pour lui permettre d'être un appui solide aux apprentissages.
N'hésitez pas à proposer à votre ado de travailler avec un casque sur les oreilles. Il existe des applications de musiques pour se concentrer. Il peut choisir celle qui lui convient le mieux (il pourra en changer tout au long de l'année), mettre son téléphone en mode avion et se laisser embarquer par ces sons, qui devraient l'aider à se focaliser.
Rappelez-vous que la concentration est un geste mental de « fermeture » qui permet de se couper de l'extérieur. Elle est à différencier de l'attention, qui est un geste d'ouverture. Quand les parents de Simon me disent « Il n'écoute jamais en classe, il n'est pas concentré », ils se trompent de terme. En effet, lorsqu'il écoute (ou pas) son professeur, il exerce un geste d'attention ; le geste de concentration est effectué quand il prend des notes. Quand il lit la consigne de son devoir, il est attentif, et c'est quand il répond à l'exercice qu'il fait appel à sa concentration.
Ces deux gestes étant opposés, il est difficile de les faire en même temps. C'est la raison pour laquelle il est très compliqué, pour Simon comme pour les autres ados, d'écouter son prof et de prendre des notes simultanément. Je lui apprends donc à utiliser le *mindmapping,* qui permet très rapidement de passer de la concentration à l'attention. Je lui conseille aussi de prendre le temps, à la maison, de bien différencier les temps d'attention (je lis ma leçon) et les temps de concentration (je fais mes exercices). Ensuite, il opte pour les bons outils adaptés à chaque geste : respirer pour muscler l'attention avant de lire une leçon ; écouter de la musique de concentration pendant un exercice de maths pour muscler sa concentration. Vous pouvez investir dans un ballon de Pilates et inviter votre ado à s'en servir comme chaise de bureau. En faisant un effort d'équilibre corporel, il gagnera en concentration.

✳ Il a besoin de pauses

La concentration est un geste mental qui nous demande beaucoup d'énergie et qui baisse naturellement au bout d'un certain temps. Faire des pauses régulièrement permet donc de relancer l'activité d'apprentissage. Laissez votre ado tester le bon rythme pour lui : 30 minutes de travail suivies de 5 minutes de pause ou 50 minutes de travail suivies de 10 minutes de pause. Il est fondamental, pendant ces moments de répit, d'éviter de se ruer sur son téléphone. Que faire ? Marcher, boire un verre d'eau, aller aux toilettes, s'étirer, respirer, mettre le nez dehors, etc.

Arrêtons-nous un instant sur la marche. Notre cerveau et notre corps fonctionnent ensemble, main dans la main. Le mouvement est la base de notre schéma neuronal, et nous gesticulons bien avant de savoir parler. Lorsque nous bougeons, notre cerveau bouge. C'est la raison pour laquelle marcher peut permettre à votre ado d'apprendre plus facilement une leçon.

L'eau, maintenant. Elle est indispensable aux cellules, qui se détériorent en cas de déshydratation : l'énergie est mise à mal, et la fatigue s'installe. Les neurones, qui sont des cellules eux aussi, ont donc besoin d'eau, entre autres pour permettre aux informations de passer d'un neurone à l'autre au niveau des synapses. Quand notre cerveau manque d'eau, même légèrement, la performance mentale s'en ressent, la concentration diminue. L'eau fait pétiller nos neurones, en quelque sorte ! Bien sûr, boire 30 litres ne nous rendra pas plus intelligent, mais un verre d'eau peut nous aider à redevenir attentifs, concentrés. Veillez, votre ado et vous, à boire régulièrement quelques gorgées d'eau quand vous travaillez !

Et pourquoi mettre le nez dehors ? Pour respirer à pleins poumons, bouger et se libérer des tensions accumulées. Lorsque votre ado fait une pause, encouragez-le donc à sortir, surtout s'il manifeste des signes de fatigue ou si, d'après lui, il n'arrive plus à réfléchir. Une poignée de minutes suffisent pour se régénérer.

Des idées pour adoucir le quotidien

Votre ado traîne souvent les pieds pour travailler. C'est dur pour vous, et je compatis... Pourtant, cet état léthargique n'est pas qu'une question de mauvaise volonté ou de fainéantise. C'est un passage, à la fois corporel, émotionnel et cognitif. Gardez confiance, ne projetez pas sur lui vos propres modes de fonctionnement et restez disponible… sans devenir esclave. Il s'agit de l'accompagner sur cette dernière ligne droite de l'autonomie en favorisant des interactions de qualité.

✳ Opter pour la méthode de l'oie

Avant chaque séquence d'apprentissage, je vous invite à pratiquer et à proposer à votre ado la méthode de l'oie :

- O, pour Observer ses sensations ;
- I pour Identifier ses émotions ;
- E pour Explorer avec sa tête.

Les sensations et les émotions sont des alliées de l'apprentissage, à condition qu'elles soient prises en compte, accueillies et régulées. Nous ne pouvons rien apprendre au cœur de la tempête. Votre adolescent ne peut rien explorer avec sa tête s'il n'est pas totalement disponible et confortablement installé à l'intérieur de lui-même.
Nous apprenons avec tout ce que nous sommes. Notre tête, nos émotions et notre corps. Chacun de ces piliers a son importance. Être disponible pour accueillir les apprentissages, c'est un peu trouver le bon axe tête-cœur-corps pour soi. La méthode de l'oie peut nous y aider. Je vous invite à accompagner votre ado à passer par le corps pour accueillir ses émotions et être disponible pour explorer avec sa tête. Aidez-le à créer cet espace de calme et de sécurité, indispensable au travail. Pour cela, n'oubliez pas : la respiration est sa meilleure amie.
Par exemple, s'il rentre de l'école et que vous sentez que quelque chose ne va pas, appuyez sur pause. À ce moment précis, si vous lui suggérez de faire ses devoirs ou si vous lui demandez comment s'est passé son contrôle de maths, il va probablement se créer quelques étincelles. Et si, au lieu de cela, vous évitiez le sujet qui fâche pendant les trente premières minutes qui suivent vos retrouvailles du soir ? Parlez de tout et de rien, parlez de lui, mais ne parlez surtout pas d'école. Ensuite, proposez-lui votre aide : « Si tu as besoin de moi ce soir, je suis disponible dans l'heure qui vient. »

✳ Faire quelques exercices de *brain gym*

Votre ado peut aussi se mettre en condition en sollicitant son corps comme appui pour l'apprentissage. La respiration et quelques exercices de *brain gym* peuvent l'aider à se mettre au travail. Cette gymnastique du cerveau a été créée par Paul Denisson, expert en éducation et chercheur américain spécialiste des processus d'apprentissage, vers la fin des années 1970.

Son principe ? Faire travailler les trois dimensions de notre cerveau (droite-gauche, haut-bas et avant-arrière) pour développer notre disponibilité à l'apprentissage. Les mouvements de *brain gym* remplissent d'énergie et libèrent des tensions physiques et émotionnelles, pour calmer le système nerveux et être disponible et efficace pour penser, apprendre, travailler la coordination et les connexions du cerveau. Il s'agit de brancher ensemble ses différentes parties.

L'ECAP (énergique, clair, actif et positif) est un enchaînement de mouvements de *brain gym* qui permet d'être frais et dispo pour l'apprentissage. Votre ado peut le pratiquer juste avant de se mettre à ses devoirs. Le travail sur l'équilibre postural et la respiration va permettre à son cerveau de développer son attention et sa concentration. Il consiste en quatre étapes…

→ **Boire de l'eau** pour donner de l'énergie.

→ **Activer certains points d'acupression** pour stimuler les performances du cerveau et le rendre disponible à 100 %. Pour cela, il faut placer une main sur le nombril et utiliser les doigts de l'autre main pour stimuler les points situés sous les clavicules, de part et d'autre du sternum.

→ **Bouger,** en effectuant des mouvements croisés qui entraînent le travail des deux hémisphères du cerveau en même temps : toucher le genou droit avec le coude gauche, puis le genou gauche avec le coude droit.

→ **Croiser,** pour désamorcer le stress et se placer dans une optique positive et sécurisante. Pendant une minute, votre ado va se prendre dans les bras, mains sous les aisselles et jambes croisées, fermer les yeux et respirer profondément.

✳ Se questionner

Le questionnement ouvert est un outil naturel que nous avons à notre disposition. Il nous permet d'identifier ce que nous savons et de repérer ce que nous ne savons pas encore. Notre cerveau ouvre une réflexion qui fournit suffisamment d'informations pour accéder à une réponse. Réfléchir devient rapide et jubilatoire, car la réponse émerge de l'intérieur de nous-mêmes comme une image. Les questions ouvertes commencent en général par un pronom interrogatif (qui, que, quoi) ou par un adverbe interrogatif (comment, combien, pourquoi, quand, où). Elles appellent une réponse qui contient des informations, et pas simplement un oui ou un non, le choix 1 ou le choix 2. Votre ado peut utiliser un moyen mnémotechnique, CQQCOQP, pour se souvenir des questions ouvertes : comment, qui, quoi, combien, où, quand, pourquoi (ou pour quoi). Socrate préconisait le questionnement ouvert en toutes circonstances. Très inspiré par la pratique de sa mère, sage-femme, il invente la maïeutique, l'art de faire accoucher l'esprit humain en le questionnant. Sa méthode, fondée sur le questionnement ouvert, permet à chacun de trouver en lui-même ses propres réponses, et favorise ainsi sa liberté de penser. Utilisez-la pour vous questionner et pour vous intéresser à votre ado, quel que soit le sujet. Et bien sûr, proposez-lui le CQQCOQP pour apprendre ses leçons.

✳ Planifier

Planifier est un vrai défi pour votre ado. C'est normal, car cette fonction cognitive est en pleine acquisition. Cependant, apprendre à structurer son travail lui permettra de mémoriser plus facilement, d'atteindre ses objectifs, de réaliser des tâches et de muscler sa confiance et son estime de soi. Faites-lui confiance et donnez-lui un coup de pouce quand vous sentez qu'il en a besoin. Pour tous les projets qu'il entreprend, voici les étapes d'accompagnement que je vous invite à suivre…

- Utilisez le questionnement ouvert : quel est l'objectif à court ou à long terme ? Sur quelles compétences peux-tu t'appuyer ? Quels sont les obstacles éventuels ?

- Aidez votre enfant à diviser en étapes le projet à réaliser.
- Mettez en valeur ses ressources internes (sa capacité de concentration, son amour de l'histoire, sa vision globale, ses qualités...) et externes (demander de l'aide à un ami, à vous, à un prof, travailler debout ou en marchant...).
- Créez avec lui (mais pas à sa place) un échéancier ou un calendrier.
- Identifiez les moments importants ou critiques du projet.
- Encouragez-le ensuite à respecter et à suivre le plan établi ; en cas d'imprévu, et si besoin est, réajustez le plan.
- Soutenez-le (sans vous transformer en gendarme) tout au long du chemin.
- Une fois le projet terminé, faites le bilan sur les points forts et les points faibles, et réfléchissez ensemble aux apprentissages réalisés.

Vous pouvez utiliser une image, comme celle de la montagne, qui est plutôt parlante. Souvenez-vous du *kaizen* : pour atteindre le sommet de l'Everest, les alpinistes ne mettent pas une journée. Ils savent que c'est impossible, raison pour laquelle ils ont prévu différents camps de base au cours de l'ascension. Ils ont divisé l'objectif final en une succession d'objectifs plus petits, atteignables, afin de multiplier leurs chances de réussite. À chaque nouvelle étape franchie, ils nourrissent un peu leur estime de soi et, petit à petit, atteignent les sommets.

✳ Célébrer ses petites victoires

Votre ado a besoin d'être son propre observateur pour mesurer ses progrès et apprendre à se projeter, à se motiver et à se féliciter ! En utilisant un outil d'observation et de suivi (carnet, audio...), il peut faire un retour sur ce qui a été fait et sur ce qui lui reste à faire, retenir les points forts et ceux à améliorer, et mieux planifier les prochains objectifs. Ainsi, il se responsabilise et gagne en autonomie.
À nouveau, voici quelques conseils pour encourager cette « analyse réflexive »...

- → **Le journal intime (ou personnel) :** la tenue d'un journal va permettre à votre ado de prendre conscience des conséquences de ses actions. Il va ainsi pouvoir devenir l'observateur de ses propres expériences et, par ricochet, l'acteur de son existence.
- → **Les interrupteurs :** aidez votre ado à prendre conscience des interruptions, volontaires ou non, qui le distraient lorsqu'il effectue une tâche.
- → **La minuterie :** pourquoi ne pas utiliser une minuterie pour réfléchir régulièrement à l'état d'avancement des travaux ? Il peut alors s'interroger : « Est-ce que la tâche que j'effectue en ce moment me permet d'atteindre l'objectif fixé ? »
- → **Le scan de la journée :** chaque soir, votre ado peut se repasser le film de sa journée, étape par étape. Il peut commencer par le petit déjeuner et dérouler sa journée avec plus ou moins de détails en fonction de ce dont il se souvient. Il terminera ce scan chronologique en retenant deux ou trois choses positives vécues dans la journée, pour finir par une note joyeuse.

Surtout, invitez-le à fêter ses succès ! Il n'y a pas de petite victoire. Il a gagné un point dans sa moyenne de français ? Il vient de travailler une heure sans se déconcentrer ? Il a respecté le planning du week-end à la lettre ? Tout est à célébrer. Comment ? Avec un bon gâteau, un moment de jeu vidéo, sa série préférée regardée en famille… L'essentiel est de marquer le coup.

✳ Apprendre, partout et tout le temps

Il n'y a pas que le collège dans la vie ! Les adolescents ont aussi besoin d'apprendre grâce à des activités quotidiennes variées (cuisine, jardinage, jeux de société…) ou à des activités extrascolaires (sport, musique, théâtre, méditation…). Lors de ces activités, ils doivent inhiber les mouvements, physiques ou psychiques, inappropriés, garder les règles en mémoire et adapter leurs actions et leur stratégie à l'objectif. Ils savent déjà faire ce que l'école leur demande de faire. Les loisirs, eux, supposent de se muscler régulièrement et différemment le cerveau. Quels qu'ils soient, ils aideront votre ado à acquérir des compétences très utiles.

WARNING

Quand s'inquiéter ?

Alors qu'ils aiment apprendre, certains adolescents peuvent ressentir une angoisse importante au sein de l'environnement scolaire. Le stress de ne pas y arriver, la difficulté à créer des liens, un mal-être dans l'établissement engendrent parfois une phobie scolaire. Ce rejet s'explique par différents facteurs, qui peuvent s'additionner : des causes individuelles (angoisse de séparation, anxiété de performance…), des causes conjoncturelles (un deuil récent dans la famille, un déménagement, un divorce, le déconfinement…), des troubles « instrumentaux » (précocité, dyslexie ou autres troubles dys, trouble du déficit de l'attention avec ou sans hyperactivité…), des causes environnementales (harcèlement scolaire, conflit avec un enseignant…). Il en résulte un absentéisme important, dont les conséquences peuvent être négatives sur les plans scolaire, social et professionnel.

Certains adolescents peuvent éprouver une angoisse de plus en plus intense au moment de partir pour le collège, jusqu'à refuser de quitter la maison. Cette angoisse peut être verbalisée ou s'exprimer de façon plus implicite (maux de ventre, nausées, maux de tête…), et disparaître pendant les vacances. Il est alors important qu'une prise en charge soit envisagée afin d'aider progressivement l'enfant à observer ses peurs plutôt que les fuir.

Un accompagnement psychologique et une collaboration entre l'ado, sa famille, l'école et les soignants seront mis en place afin de déterminer les causes de la phobie scolaire et d'y remédier. L'association Phobie Scolaire, créée en 2008 et implantée dans plusieurs villes, permet aux parents de trouver un lieu d'échanges et d'informations. Vous pouvez aussi consulter le site internet www.filsantejeune.com, et surtout parler de son existence à votre enfant. Cette plateforme est un dispositif de prévention qui répond à distance aux questions que se posent les jeunes de 12 à 25 ans au sujet de leur santé, physique, psychique et sociale.

LES ÉCRANS

Le point de vue d'Ylan

Quand Ylan aborde le sujet des écrans, il a des étoiles dans les yeux.

Moi, ce que j'aime faire en dehors de l'école, c'est jouer aux jeux vidéo. Mes parents, ils ne comprennent pas, et moi, je ne comprends pas pourquoi ils ne comprennent pas. Franchement, c'est génial de jouer en ligne avec les copains. Ce que j'aime dans ces jeux, c'est qu'ils me permettent de faire ce que je ne pourrai jamais faire dans la réalité. Ça me fait beaucoup de bien, de rêver, d'imaginer... Je prends conscience de la différence entre le rêve et la réalité, ça me fait grandir. Mes parents ne s'intéressent même pas à ce que j'aime. J'aimerais qu'ils viennent faire une partie avec moi avant de critiquer les jeux vidéo. Et en plus, franchement, ils sont toujours sur leur portable, alors... C'est bien un écran, le portable, non ? On est tous un peu accros, mais il n'y a pas de quoi exagérer le problème. Tous mes copains jouent aussi, ça fait partie de notre génération.

Pour ses parents, Ylan perd en concentration et en attention à cause des écrans. Il est moins présent et a abandonné la batterie pour se libérer du temps pour jouer. Ils ont peur qu'il perde la notion de réalité en investissant trop le virtuel. Pour cet adolescent, en revanche, ce n'est pas si grave : il aime toujours autant jouer au basket, un sport qu'il ne veut surtout pas arrêter.

C'est la bête noire des parents ! L'écran, sous toutes ses formes, est *le* sujet qui fâche, celui qui peut mettre le feu aux poudres dans n'importe quelle maison qui abrite un ado. Comment réguler son goût pour le numérique (et sans doute aussi le nôtre) ?

Vous avez l'impression que le temps passé à envoyer des SMS, à jouer aux jeux vidéo, à regarder des séries ou à surfer sur les réseaux sociaux prend le pas sur tout le reste de sa vie. Votre enfant devient mi-humain, mi-machine, oubliant jusqu'à satisfaire ses besoins fondamentaux : le goûter ne sert à rien, le sommeil non plus, et même aller aux toilettes peut attendre ! Le sujet est complexe à aborder tant il est source de conflits et d'ambivalences. Non, les écrans n'ont pas que des défauts. Nous nourrissons tous une relation faite d'amour et de haine avec les objets connectés, singuliers et contemporains. Alors, comment faire ? Comment remettre à sa juste place ces nouveaux invités pour que les relations entre les membres de la famille n'en pâtissent pas ?

Ce que les ados disent

Mes parents pensent
qu'un réseau social, c'est antisocial !
C'est tout le contraire,
mais on ne peut pas en discuter.

Ils veulent que je lâche mon
écran, mais ils l'utilisent autant
que moi…

Ils rejettent en bloc
les jeux vidéo, mais ils ne savent
même pas ce que c'est.

Ils sont dépassés,
de toute façon, c'est pas
leur génération.

Ce n'est pas parce que j'utilise
mon téléphone que je ne sais pas
faire autre chose !

Avec les séries, on s'évade.
Et puis, après, on en parle
entre nous.

Ce que les parents pensent

Les écrans, c'est une plaie.
Il n'y a plus que ça qui compte !

Les réseaux sociaux,
c'est la fin du lien humain.

Il est complètement accro.

Il ne voit pas le temps passer,
ne sait pas gérer.

Il n'y a rien de bon
dans les écrans. Les jeux vidéo ?
Inutiles. Instagram
et compagnie ?
Le royaume de l'apparence.

C'est la génération écrans,
il n'y a rien à faire !

C'est dangereux pour la santé,
tout le monde le sait.

Et vous ? Qu'en pensez-vous ?

Complétez cette liste avec vos propres croyances :

____

____

____

____

Maintenant, je vous propose d'en parler autour de vous. Échangez avec votre conjoint, vos amis, d'autres parents. Faites danser votre esprit critique et votre sens de l'écoute. Même si cela vous paraît étonnant, expérimentez ! Le partage permet de prendre du recul, d'élargir son point de vue et de sortir de certaines situations quand elles semblent dans l'impasse. Il se pourrait que vous appreniez des tas de choses et que vous vous sentiez moins seul…

Ce que dit la théorie

Des outils séduisants

Ce n'est pas une idée reçue : les écrans ont envahi notre vie, ils sont partout autour de nous. La télévision, les ordinateurs, les consoles, les téléphones et autres tablettes ont gagné leur place dans notre quotidien, détrônant parfois jusqu'à nos brosses à dents (en termes d'habitudes, bien évidemment !).
Cette hyperconnectivité n'est pas le fruit du hasard. Les progrès technologiques ont permis de développer des appareils de plus en plus performants et accessibles. Internet est progressivement devenu un outil de travail et une source d'information incontournable pour nombre d'entre nous. C'est aussi un outil qui répond aux besoins et aux désirs des individus : nous pouvons socialiser jour et nuit, et bénéficions d'un accès quasi illimité à du divertissement. Quoi de plus normal, dès lors, d'utiliser ces écrans, si séduisants ? Souvent, par réflexe, nous y jetons un œil à la maison, à l'école, au bureau, et y restons pendant nos temps de pause ou de loisirs. C'est si pratique, si ludique ! Cependant, nous savons aussi que point trop n'en faut. Les médecins et les psys alertent sur les dangers d'un usage excessif des écrans. Il y a un revers à la médaille, c'est désormais prouvé, d'où une certaine ambivalence sur le sujet.

Des effets non négligeables

Pour y voir plus clair, essayons de reconnaître rapidement les effets positifs et négatifs des écrans sur les plans physique, psychique et relationnel.

✳ Sur le corps

→ **Les +**

Il existe une multitude de sites web, de jeux vidéo et d'applications qui nous incitent à bouger, à apprendre et à prendre soin de notre santé. L'accès à ces contenus donne des idées et motive.

→ **Les –**
Une utilisation trop longue peut augmenter la sédentarité, le surpoids, le manque de sommeil, les problèmes de posture (douleurs au cou, maux de tête, troubles de la vue...).

* Sur la tête

→ **Les +**
C'est encore une question de contenus. Certains favorisent le maintien d'une bonne santé mentale, en nous aidant à gérer notre temps, à développer notre créativité ou à méditer, par exemple.

→ **Les –**
Certaines études révèlent que l'utilisation à trop haute dose des écrans est associée à une diminution de la concentration, de la mémoire et de l'estime de soi. Une surconsommation augmente aussi le risque de stress, d'anxiété, de déprime et de dépendance.

* Sur les relations sociales

→ **Les +**
Les réseaux sociaux, les messageries et les jeux en réseau, tout cela permet de communiquer, bien sûr, mais aussi de développer son identité et ses compétences sociales, comme son apprentissage et sa découverte de l'autre.

→ **Les –**
Si la vie en ligne prend toute la place et empiète sur la « vraie vie », alors l'équilibre est rompu. Peuvent apparaître des risques d'isolement, la diminution des compétences sociales, la détérioration des relations interpersonnelles et des difficultés scolaires ou professionnelles.

Il est important d'être attentif au sujet des écrans. Les considérer comme une donnée nouvelle pour tous me semble fondamental. Ils font partie de l'environnement de votre adolescent, et, comme toute rencontre avec la nouveauté, un temps de tâtonnement et d'intériorisation est nécessaire. Le questionnement est encore ici la clé : à quoi nous sert un écran ? Que nous apporte-t-il ? De quoi nous prive-t-il ?
Être plus conscient de nos actes et de nos interactions, comme de leur impact, fait partie de l'apprentissage, quel que soit le domaine, y compris en ce qui concerne le numérique. Nous apprenons tous à entrer en relation avec les écrans, nous nous y familiarisons, pas à pas et peu à peu, au gré de nos expériences. Nos ados ont des tas de choses à nous apprendre à ce sujet : ils savent où trouver des contenus pédagogiques sur la philosophie, la physique ou la sexualité, mais reconnaissent aussi les aspects positifs de leurs jeux vidéo. Profitons-en !

Comment s'adapter à la situation ?

Soyons honnêtes, notre relation aux écrans est tout aussi ambivalente que celle entretenue par les ados avec les leurs. Certes, vous êtes agacé, fatigué, inquiet de voir votre enfant, cloîtré dans sa chambre et dans le noir, avec pour simple éclairage la lumière rectangulaire de son jeu vidéo. Et je vous comprends !
Vous aimeriez que votre ado puisse être libre, libre notamment de toute dépendance, et plus particulièrement de ce que vous estimez relever de la « cyberdépendance ». Vous craignez qu'il ne perde du temps, de l'énergie, qu'il se perde lui-même, finalement. Pourtant, certaines « dépendances » n'en sont pas réellement : elles sont plutôt des habitudes difficiles à changer. Pour aider vos ados à se libérer de ces mauvais réflexes, je vous invite à tenter l'expérience en premier. Changez votre façon d'utiliser vos écrans vous-même, et voyez ce que vous éprouvez, physiquement, moralement, socialement...

Exercice

Où en êtes-vous de votre consommation d'écrans ?

Pour accompagner votre enfant dans la découverte de ce monde à la fois familier et inconnu, vous n'avez pas le choix : il vous faut demeurer crédible. L'exemplarité permet d'établir des règles saines, claires et pertinentes, qui sont donc plus facilement entendues et respectées. Parce que vous êtes et resterez toujours le premier modèle de votre ado, vos propres habitudes en matière

d'écrans seront très certainement intégrées et imitées. Pour que vos paroles aient un réel impact sur sa consommation, vous devez faire preuve de cohérence, et donc changer !
Vous ferez du mieux que vous pourrez, évidemment, car il n'est pas toujours simple de transformer des habitudes. Expérimentez une cohérence « décomplexée » ! Prenez de la distance avec le téléphone, l'ordinateur, la tablette, tout en restant fidèle à vous-même et respectueux de vos capacités comme de vos besoins. Il ne s'agit pas de bannir les écrans, mais d'en profiter sans pour autant qu'ils occupent trop de place dans votre famille.
Je vous propose donc de réfléchir à votre propre consommation d'écrans en identifiant vos bonnes habitudes et celles qui le sont moins. Voici quelques pistes de réflexion...

- → Consultez-vous votre téléphone avant même de sortir de votre lit ?
- → Lisez-vous vos mails ou vos messages en présence de votre enfant ?
- → Lorsque vous assistez à son gala de danse ou à sa compétition de judo, regardez-vous (aussi) votre écran ? Plus, autant ou moins que votre enfant ?
- → Lors de sorties ou d'activités en famille, vous sentez-vous présent à 100 % ou êtes-vous toujours un peu connecté ?

Soyez honnête avec vous-même, sans vous juger et encore moins vous condamner. L'idée ici n'est pas d'alimenter votre culpabilité (ce serait inutile et improductif), mais plutôt de récupérer votre part de responsabilité, ce qui vous permettra de faire des choix. Être conscient de votre propre consommation et la caler sur celle que vous souhaitez pour vos ados est un prérequis indispensable à toute discussion, à tout établissement de règles.
Vous pouvez faire évoluer vos habitudes numériques tout en respectant vos désirs, vos envies, vos besoins. Je vous invite à reprendre graduellement le contrôle de votre quotidien en limitant le temps que vous passez sur les écrans et en vous concentrant sur des contenus de qualité, à des moments appropriés. Par

exemple, la mère d'Ylan a pour habitude de consulter son téléphone tous les soirs avant de s'endormir pour regarder les infos. Je lui propose, au moins deux fois par semaine, de consulter les infos à un autre moment de la journée (à son choix) et de laisser son Smartphone dans le salon avant de rejoindre dans sa chambre. Une fois l'habitude prise et l'action aisée, je l'invite à passer à trois soirs par semaine, puis à quatre... Alors, progressivement, le téléphone reste à distance de son lit.

Retrouvez l'équilibre

Comment profiter au mieux des avantages des écrans ? Préserver l'équilibre de votre consommation semble être la première étape. Voici quelques incontournables pour vous y aider.

* Le temps de consommation

Se connecter aux réseaux sociaux tout au long de la journée, regarder Netflix en famille tous les soirs, utiliser l'ordinateur pour le travail ou pour l'école, répondre aux messages et aux mails de chacun... Le compteur horaire peut monter à vitesse grand V.
Il serait utile de différencier temps d'écran pro (travail ou école) et temps d'écran perso (jeux, loisirs, divertissement). À nouveau, l'objectif n'est pas de se déconnecter à jamais, mais simplement de prendre conscience de la place qu'on accorde à cette connexion. Certaines applications peuvent nous aider en ce sens, comme Datally ou Weplan.
Vous pouvez aussi choisir de diminuer certaines activités pour limiter le temps en ligne ou le temps virtuel : peut-être pouvez-vous désactiver les notifications, par exemple ? Je vous invite également à faire régulièrement des pauses : pourquoi ne pas laisser votre tablette dans un tiroir quand vous rentrez à la maison ? L'équilibre est l'enjeu : il s'agit de laisser du temps aux autres sphères de votre vie, de ne pas les polluer en permanence.

✳ La qualité des contenus

Les activités en ligne ne sont pas toutes égales en termes de qualité.

- **Contenus de haute qualité :** ce sont des contenus éducatifs, rassembleurs ou interactifs (un tutoriel sur YouTube, par exemple, un film qu'on regarde en famille, un groupe de discussion, une application de yoga ou de cuisine...).
- **Contenus de qualité moyenne :** ce sont les contenus que nous consommons de façon passive et qui ont tendance à nous isoler (un jeu auquel nous jouons seuls, une story sur un réseau social...).
- **Contenus de mauvaise qualité :** ce sont les contenus qui vampirisent ou anesthésient (rafraîchir sans cesse le fil d'actualité Facebook ou Instagram, relancer un énième épisode sur Netflix...).

L'objectif, ici, sera de privilégier des contenus qui nous apportent quelque chose de positif ou de constructif pour augmenter notre bien-être numérique.

✳ Les moments d'utilisation

Il y a un temps pour tout ! Des moments parfaits pour regarder les écrans et d'autres moments où cette connexion nous coupe de notre environnement, de l'extérieur et même des autres.

- **Les moments opportuns :** lorsqu'ils nous permettent d'apprendre, de travailler, de nous divertir, de décompresser, de découvrir, de communiquer, les écrans ne sont pas nos ennemis.
- **Les moments moins pertinents et appropriés :** lorsqu'ils sont un frein à la concentration (lors d'une réunion, par exemple, ou d'une tâche à exécuter hors ligne), à l'intimité avec ses proches (une conversation, un repas) ou à la créativité (l'imagination, l'ennui, le rêve), alors mieux vaut éviter.

En réservant votre utilisation des écrans à des moments appropriés, vous en profiterez davantage, et savourerez aussi les autres moments de la vie.

✳ L'importance de la déconnexion

Savoir se déconnecter est essentiel. Apprendre à s'éloigner sereinement des écrans réduira l'impression de dépendance et de déconnexion au monde. Que ce soit au retour à la maison, une demi-heure au moins avant de vous coucher, au lever ou encore durant quelques heures par jour, l'idée est d'être plus souvent hors ligne afin d'être attentif à ce qui se passe autour de vous. Un petit mot concernant le sommeil : les experts conseillent d'éteindre les écrans deux heures avant de tomber dans les bras de Morphée, car ils activent le cerveau, qui a plutôt besoin de repos avant de commencer son travail nocturne. Il doit traiter et trier les informations reçues durant la journée pour nous éviter toute surcharge. Il est donc important qu'il puisse être en forme pour mener ce grand chantier. L'épuiser par une consommation excessive d'écrans n'est donc pas la meilleure des idées. Le sas de deux heures étant difficile à mettre en œuvre dans une vie réelle, une bonne demi-heure de calme peut faire l'affaire. Profitez-en pour lire, écouter de la musique, respirer, coudre, ce que vous voulez... Le temps est probablement ce que nous avons de plus précieux. À l'ère de la vie trépidante où tout le monde court dans tous les sens et où personne n'a plus une minute à soi, la déconnexion nous offre le plus beau des cadeaux : du temps pour dormir, bouger, nous détendre, réfléchir, être avec ceux et celles que nous aimons, nous impliquer, etc. Et si vous voulez aller plus loin, n'hésitez pas à opter pour une détox numérique ! Pour vraiment comprendre votre relation aux écrans et reconnaître la place qu'ils ont dans votre vie, rien ne vaut l'expérience d'une déconnexion plus prolongée, pendant vingt-quatre heures par exemple. Cet exercice, qui comporte de nombreux bienfaits, est souvent une révélation. Il vous permettra sans doute de vous reconnecter ensuite de façon plus consciente, avec plus de maîtrise. Libéré de vos anciens automatismes, vous miserez certainement sur des activités en ligne qui vous nourrissent.

Ce qui se passe en lui

Un cerveau encore en construction

La question de la consommation d'écrans de votre ado est liée à son développement cérébral, encore en cours. Les récentes études sur le développement du cerveau humain révèlent qu'il se construit jusqu'à l'âge de 25 ans. Étape par étape, les fondations puis les murs se créent, se dessinent, se renforcent. Bien entendu, cette donnée est à nuancer, puisque notre cerveau se développe jusqu'à la fin de notre vie. Pour autant, entre 12 et 25 ans, le moment est crucial, l'heure est à la tempête neuronale, une tempête vivace et intense car deux processus sont à l'œuvre :

- **d'un côté, la performance et la créativité** ; tout va plus vite, les connexions se font plus denses, plus fulgurantes ;
- **de l'autre côté, la vulnérabilité** ; à l'adolescence, le cerveau a du mal à organiser les informations, à anticiper les conséquences d'un acte ou à évaluer un comportement.

Autrement dit, l'information va beaucoup plus vite dans le cerveau d'un adolescent, peut-être trop vite par rapport à sa capacité à prendre du recul. Cela peut donner lieu à des comportements apparemment saugrenus : il y a un décalage entre la recherche de son plaisir et le manque de réflexion sur les effets de ses actions, mais c'est une question de câblage neuronal, il ne le fait pas exprès ! Voilà pourquoi il a encore besoin d'aide (et de la vôtre en particulier) pour apprendre à se réguler et à s'autonomiser.
Évidemment, lorsqu'un édifice est en construction, les fondations sont encore fragiles et peuvent être ébranlées par certaines conditions extérieures. C'est ce que peut représenter une consommation excessive d'écrans sur le cerveau de votre ado. Bien que les connaissances à ce sujet soient encore limitées, certaines études montrent qu'une surconsommation pendant cette période « critique » d'échafaudage nuit aux apprentissages, à la mémoire, à la

concentration, bref au développement optimal du cerveau. Voilà pourquoi les écrans sont plus dangereux pour votre ado que pour vous, adulte. Pour éviter qu'il ne devienne accro, il s'agit de faire en sorte que la technologie reste à son service, et non l'inverse.

De quoi a-t-il besoin ?

✳ Il a besoin de préserver ses capacités d'attention

Notre capacité d'attention est précieuse. Elle nous permet d'appréhender la vie, grâce à nos sens notamment, de nous ouvrir, d'apprendre, de comprendre. En prendre soin est donc une nécessité pour chacun, et c'est en équilibrant son temps de consommation des nouvelles technologies que l'adolescent préserve son attention.

Prendre soin de son attention, c'est aussi en faire preuve à son égard. En tant que parents, nous devons apprendre à mieux écouter notre ado, sans le juger, ni chercher à lui répondre. Accueillir sa parole, ses idées, son point de vue, c'est un premier pas vers l'attention dont il a besoin pour éviter les comportements à risque.

Les parents d'Ylan ont l'impression qu'il perd en attention, qu'il ne parvient plus à écouter, à se concentrer, qu'il est souvent happé par toutes les choses qui se passent autour de lui ou dans sa tête. Ils pensent que les écrans sont à l'origine de ce comportement, mais établir clairement les causes de ces difficultés est difficile. Les écrans peuvent en effet être en partie responsables... ou pas. Afin de répondre à leur besoin, je leur propose dans un premier temps de s'intéresser à ce qui intéresse Ylan, sans jugement, de jouer avec lui aux jeux vidéo, de lui demander ce qu'il aime dans cette activité, ce qu'elle lui apporte.

Par ailleurs, je les invite à faire des expériences pour muscler leur attention. Ils peuvent par exemple aller faire une partie de basket avec leur fils et le questionner sur ses sensations : « Tu as déjà remarqué que le ballon est rugueux ? » Ou encore, lors d'une balade : « L'air est frais, cet après-midi. Quand je respire, je sens l'air frais dans mes narines, pas toi ? » Être attentif aux messages reçus par les sens (odorat, goût, toucher, vue et ouïe), prendre le temps d'intérioriser ces informations venues de l'extérieur et les amener à la conscience est un bel exercice de musculation de l'attention. Cela permet à Ylan de développer la sienne, tout en continuant à utiliser les écrans (avec intelligence et équilibre, évidemment).

✳ Il a besoin de repères

Lorsque vous fixez les règles d'utilisation des écrans en famille, tentez d'écouter les besoins de chacun afin de trouver un consensus. Votre enfant devient grand et il est tout à fait en capacité de participer à la construction du cadre qu'il doit suivre. En être

coauteur le rendra plus impliqué et plus responsable. En cas de non-respect du cadre, n'oubliez pas : vous conservez le dernier mot ! Le parent, c'est vous...
Voici quatre astuces pour encadrer l'usage des écrans...

- **Faites preuve de constance et de cohérence.** Si, par exemple, l'usage de la tablette est restreint à une demi-heure par jour, les deux parents sont d'accord et dérogent le moins souvent possible à la règle.
- **Personnalisez le règlement en fonction des besoins de chacun.** Par exemple, un ordinateur portable peut être utile à votre ado, mais pas à son petit frère.
- **Parlez d'activités « en ligne » et « hors ligne » plutôt que d'opposer « monde virtuel » et « monde réel ».** Acceptez l'idée que des amis ou des expériences soient « vrais » aux yeux de votre ado.
- **Évitez d'utiliser la suppression des écrans comme punition.** Le temps alloué au numérique peut se mériter, mais mieux vaut ne pas en priver votre ado quand vous voulez le punir, car vous ne feriez qu'alimenter son désir d'être connecté.

✳ Il a besoin d'échanger avec vous

Je vous invite à parler « écrans » avec votre adolescent. Lors de vos conversations, tentez de vous montrer objectif, positif et constructif, et d'éviter les jugements ou les projections.

- **Abordez le sujet de façon informelle** quand l'occasion se présente, au détour d'un reportage télé, par exemple, après une réunion au collège ou lors d'une conversation entre amis.
- **Incitez votre ado à réfléchir aux avantages et aux inconvénients des écrans** dans sa vie, dans celle de ses amis et dans la société ; réfléchissez ensemble au pouvoir d'attraction de ces appareils si séduisants et aux différentes façons de garder un certain équilibre.
- **Intéressez-vous à ses activités en ligne :** les applications qu'il a téléchargées, les sites de diffusion en continu

(streaming) qu'il utilise, les réseaux sociaux qu'il fréquente, les jeux vidéo qu'il préfère, etc.

→ **N'hésitez pas à revoir régulièrement avec lui les quatre piliers d'une juste consommation :** un temps convenable, du contenu adapté, un moment opportun et des périodes de déconnexion.

→ **Renouvelez ces temps d'échanges** avec votre adolescent et ne tenez pas pour acquise sa compréhension de toutes vos attentes après une seule conversation.

Des idées pour adoucir le quotidien

✳ Échanger avec d'autres parents

Tous les parents sont dans le même cas, soyez-en sûr. Pourquoi ne pas les questionner sur les règles qu'ils ont instaurées avec leur ado ? Ont-ils leur propre téléphone ? leur ordinateur ? Y a-t-il des plages horaires ou des endroits sans écran ? Comment les limites et les autorisations ont-elles été décidées ? Les jeunes les respectent-ils ? Quels sont les trucs et les astuces pour limiter le temps de connexion : plus de sorties en famille ? la pratique d'un sport ?
Partagez aussi vos préoccupations, vos inquiétudes. Avez-vous l'impression que votre enfant passe trop de temps sur les écrans ? Que votre ado a du mal à s'intéresser à autre chose, à trouver du plaisir à l'extérieur, avec ses amis ? Qu'il semble perturbé par certaines infos ou images, ou par les propos tenus sur les réseaux sociaux ? Enfin, échangez vos trucs pour diminuer le temps d'écran de votre ado : est-ce en lui proposant des sorties familiales ? en pratiquant un sport avec lui ? en instaurant un horaire d'utilisation ?

✳ Créer un sas d'une demi-heure

Nous entretenons tous une relation singulière avec les écrans. Il n'y a donc pas de recettes miracles ou de solutions toutes faites. Il faut avancer à tâtons avec votre enfant, observer les effets qu'ont ces objets sur vous et sur lui, puis créer un juste équilibre, juste car sain pour vous et pour lui.

Le sas d'une demi-heure avant de s'endormir est une expérience que vous pouvez faire ensemble. Nous l'avons dit précédemment : les experts considèrent qu'il est préférable d'éteindre tout écran deux heures avant de s'endormir. Je vous invite à vous inspirer de leur conseil et de vous l'approprier en fonction de vos possibilités. Si votre consommation d'écran (la vôtre et celle de votre ado) est intense, ce laps de temps est bien trop grand. Commencez par une demi-heure deux fois par semaine, et surtout observez, car c'est la clé de la motivation. En étant attentif à votre état de fatigue ou d'énergie le matin, vous pourrez facilement faire un lien avec votre connexion de la veille. Et vous aurez envie de continuer. Après cette première expérience, je vous invite à la partager avec votre ado. Proposez-lui d'essayer avec vous, et échangez vos points de vue le lendemain.

✳ Poser dix questions pour activer la conversation

Vous souhaitez lui parler des écrans mais manquez d'inspiration ? Voici des exemples de questions qui vous serviront de guides pour l'aider à mieux comprendre les répercussions de ces outils. Pour encourager le dialogue, je vous invite à poser des questions ouvertes plutôt que des questions fermées, c'est-à-dire à éviter les questions qui n'exigent qu'une réponse par oui ou par non.

Demandez à votre ado…

- de vous dire quels sont les avantages à avoir de plus en plus d'écrans, pour tout, partout et tout le temps.
- de vous faire une visite guidée virtuelle des activités qu'il préfère (sites, applications, jeux, réseaux sociaux, séries…), en vous expliquant leurs caractéristiques, leur fonctionnement et leur utilité.
- de vous expliquer les règles d'usage des téléphones au sein de son établissement scolaire. Les élèves les respectent-ils ? Quelles sont les conséquences en cas d'infraction ? Qu'en pense-t-il ?

- de vous donner des exemples de contenus qui le rendent heureux et des exemples de contenus qui le rendent triste, stressé, inquiet ou en colère.
- de vous raconter comment les réseaux sociaux aident les jeunes à créer du lien avec les autres, à échanger, et comment ils peuvent aussi contribuer à les éloigner, à s'opposer.
- de vous dire pourquoi il est difficile pour certains ados de gérer leur temps d'écran, quand ils sont sur Instagram, par exemple, ou en plein jeu.
- de vous décrire en quoi consiste une utilisation problématique d'Internet selon lui. Certains de ses amis ont-ils eu des problèmes ?
- de vous donner son avis sur les bons et les mauvais moments de connexion. Au cours d'une journée, quand les écrans sont-ils utiles ? quand sont-ils inopportuns ?
- de partager ses trucs, ses astuces, pour être sûr de garder le contrôle des écrans et pour passer moins de temps en ligne.
- d'imaginer ce qu'il ferait s'il n'avait pas accès à Internet et aux écrans pendant une soirée, une journée ou même tout un week-end !

✳ Établir un pacte

Bien utilisé, un téléphone intelligent peut apporter plein de choses positives. En revanche, lorsque l'adolescent le consulte sans arrêt, par réflexe ou par habitude, à des moments inappropriés, ce petit condensé de technologie peut nuire à son équilibre. Peu à peu, il prend la place d'activités importantes, comme le lien avec les autres, le sommeil, les études, le sport, la créativité, etc. Avoir un téléphone suppose donc d'avoir des responsabilités, que vous pouvez consigner par écrit. Vous imaginerez ce pacte en fonction de vous et de votre ado. Voici quelques idées…

En acceptant ce téléphone, votre ado s'engage à :

1. l'utiliser en respectant les règles de la maison (à définir) ;
2. l'utiliser en respectant le règlement de l'école ;

3. répondre aux appels et aux SMS qui proviennent de ses parents ;
4. éviter de le consulter lors d'une conversation, d'un échange, des repas, des moments conviviaux...
5. éviter de l'utiliser à vélo et en marchant, surtout en traversant la route (évidemment, à ne jamais regarder son téléphone en conduisant) ;
6. éviter d'écrire à quelqu'un ou au sujet de quelqu'un des propos qui ne pourraient pas être dits en sa présence ou en présence de son parent ;
7. éviter de chercher, de regarder ou de partager des images qui ne pourraient pas être regardées en famille ;
8. être responsable des frais de réparation et/ou de remplacement de l'appareil, comme des frais de dépassement du forfait payé par ses parents.

À vous...
Et en acceptant ce pacte, vous, parent, vous engagez à :

1. respecter l'intimité de votre ado lorsqu'il appelle ou envoie un message à quelqu'un, sauf en cas de situation particulière qui vous inquiète ; dans ce cas, partagez votre inquiétude avec lui avant de regarder par-dessus son épaule ;
2. le prévenir lorsque vous décidez de regarder le contenu de son téléphone, et le faire en sa présence ;
3. être un bon exemple en ce qui concerne l'usage du téléphone et respecter les moments sans écran qui ont été définis en famille (lors des repas, par exemple, ou des sorties) ;
4. l'appeler et lui envoyer des messages avec modération, sans chercher ni à le surveiller ni à contrôler ses activités ;
5. payer les frais mensuels d'utilisation de l'appareil avec une limite maximale de données.

À vous...
Ce pacte fonctionne pour les téléphones comme pour tous les écrans. Construisez ensemble le cadre qui vous convient.

WARNING
Quand s'inquiéter ?

Dans les cas extrêmes, les fonctions du cerveau liées à l'attention, au contrôle des impulsions, au jugement, à la résolution de problèmes et à la prise de décision peuvent être affectées par une surconsommation d'écrans en tout genre. L'utilisation excessive de ces derniers risque en effet de déclencher chez les adolescents le cycle de la dépendance. Sont-ils tous en passe de devenir cyberdépendants ? Pas forcément. Un jeune peut passer beaucoup de temps à consulter son téléphone ou à jouer en ligne sans nécessairement devenir accro. Cependant, les parents doivent rester vigilants et s'inquiéter quand la consommation d'écrans de leur enfant entraîne des conséquences négatives importantes dans plusieurs aspects de sa vie : il mange moins ou plus, ne dort que quelques heures par nuit, arrête toutes ses activités physiques, coupe les liens avec ses amis, devient plus tendu, stressé… Si vous reconnaissez votre adolescent dans plusieurs de ces comportements et que cela dure dans le temps, faites appel à un professionnel afin d'obtenir une évaluation clinique et de l'aide pour l'accompagner. Vous pouvez consulter les sites www.netecoute.fr, www.cyberdependance.fr ou www.internetsanscrainte.fr pour en savoir davantage sur les risques et les dangers d'un excès d'écrans.

LES CRISES

Ce que dit Juliette

Quand Juliette et ses parents entrent dans mon cabinet, ils ne se regardent pas. Elle s'installe sur le fauteuil le plus éloigné, comme pour s'isoler.

Je me sens enfermée, étriquée. Ils disent non à tout et ne m'écoutent jamais. Je suis perdue parce que j'ai peur de mal faire, de ne pas répondre à leurs exigences. Et puis, je ne sais pas ce que je veux, moi... C'est comme si j'étais écartelée entre ce que mes parents attendent de moi et celle que je suis en train de découvrir en moi. J'ai envie de voir plus souvent mes copines, et eux ne me parlent que de mes devoirs. Comme si j'étais un bébé et que je ne pouvais pas savoir ce qui est bon pour moi... J'en ai marre, j'aimerais qu'ils me lâchent. Il n'y a que ce qu'ils veulent qui compte, mais c'est bien de ma vie qu'on parle, là, non ? Ça me rend dingue, je suis en colère contre eux. Rien ne va jamais !

Les parents de Juliette, présents lors de cette séance, expriment leur peur : « On a l'impression que tu ne t'intéresses à rien, que tu navigues sans but pour te perdre dans un océan. » Alors, ils lui imposent des objectifs qu'elle n'a pas choisis. Elle se sent contrainte, jugée, et se rebelle. Les premiers signes de la crise se font sentir. Les membres de la famille ont besoin, ensemble, de bouger les frontières, les limites, pour apprendre à accueillir le changement.

Les coups de gueule, les portes qui claquent, les mots qui dépassent la pensée, les silences parfois lourds... le temps est à la crise et les conflits sont nombreux. Comment apprendre à danser au milieu du chaos ?

Quand tout explose, avec ou sans bruit, quand un rien nous indispose ou nous bouleverse, la crise n'est pas loin. Il y a une réalité : il se peut qu'en ces temps singuliers, ces temps d'adolescence, les explosions soient légion. Dans sa forme la plus tapageuse (ou parfois plus discrète), ce passage peut sembler sans issue. Tout échange, tout dialogue est l'occasion d'une dispute : les affaires qui traînent, le quart d'heure de trop devant un écran, une mauvaise note, une panne de réveil, une tablette de chocolat avalée au petit déjeuner, une première fête très arrosée, un comportement indélicat envers les autres...

Ces situations houleuses se multiplient jusqu'à vous tétaniser, parfois, ou vous faire exploser à votre tour. Ça vous rend triste, quand ça ne vous fait pas peur. Entre chagrin et crainte du pire à venir, vous vous demandez ce que vous pouvez bien faire pour éviter que votre ado ne vous échappe, ou qu'il ne s'échappe à lui-même, pour éviter que le lien ne se brise. Comment réagir quand, aux confins de la crise, le lien vous semble rompu ?

Dans ce chapitre, je veux vous inviter à faire *avec* la crise et non contre la crise, à la façon du *kintsugi.* Cet art japonais séculaire consiste à réparer les poteries brisées. Plutôt que de cacher les fissures, il s'agit de réunir les morceaux cassés avec de la laque mélangée à de la poudre d'or, d'argent ou de platine. Une fois recollée, la poterie est toujours aussi belle, même si elle garde les traces de son histoire tourmentée.

Ce que les ados disent

Je pète les plombs !
Ça vient comme ça
et ça déborde. Mes parents
prennent ça pour eux,
alors que c'est juste
à l'intérieur de moi...

Je n'ai plus envie de parler
avec eux, mais ça,
ils ne comprennent pas.

Ils me prennent pour un bébé,
ça me rend dingue.

Ils ne me font pas confiance,
de toute façon.

OK, je fume quelques joints,
et alors ? C'est juste
une expérience, non ?

Ils me rendent fou
avec leurs projections,
leurs règles, leurs exigences...

Je les aime bien, au fond,
mais j'ai aussi envie de vivre
ma vie.

On ne peut plus parler ensemble
sans crier ! Je voudrais moi aussi
que ça se calme, et pas seulement
quand eux le décident.

Ce que les parents pensent

Je n'ai plus de liens avec mon ado.
Il ne communique plus avec nous.

Il est tellement soupe au lait.
Je me demande s'il ne fait pas
une dépression.

Il me cherche en permanence.

Il ne changera jamais.

J'ai peur qu'il ne se mette
en danger, ou ne mette les autres
en danger.

C'est insupportable de se disputer
comme ça, du matin au soir.
Il est insupportable.

De toute façon,
il n'y a rien à faire.
L'adolescence, c'est une crise en soi.

Et vous ? Qu'en pensez-vous ?

Complétez cette liste avec vos propres croyances :

____

____

____

Maintenant, je vous propose d'en parler autour de vous. Échangez avec votre conjoint, vos amis, d'autres parents. Faites danser votre esprit critique et votre sens de l'écoute. Même si cela vous paraît étonnant, expérimentez ! Le partage permet de prendre du recul, d'élargir son point de vue et de sortir de certaines situations quand elles semblent dans l'impasse. Il se pourrait que vous appreniez des tas de choses et que vous vous sentiez moins seul...

Ce que dit la théorie

La vie, le lien et les crises

Comment vivre en paix et en harmonie, sans aucun conflit ? J'aimerais vous dire que cette vie est possible, vraiment, mais il n'existe aucune baguette magique pour éviter les conflits. En revanche, ce que je peux vous proposer, c'est de regarder ce que ces oppositions, incontournables, disent de nous, êtres humains, êtres sociaux, de façon à faire avec elles, et non contre elles.

Visiblement, nous rêvons tous d'une existence sereine, sans querelles, sans différends. Nous aspirons à ce long fleuve tranquille sur lequel nous pourrions nous balader en barque avec toute notre famille, chacun souriant à l'autre et tous ramant dans le même sens. Alors, certes, nous pouvons continuer de rêver, mais nous pouvons choisir d'œuvrer pour faire de notre rêve une réalité.

L'existence, dès lors qu'elle suppose d'être en lien avec l'autre, engendre frottements, incompréhensions et autres agacements. Or, pour nous qui sommes des êtres humains, donc des êtres sociaux, le lien est fréquent, puisque vital ! Cette confrontation à l'altérité peut créer des étincelles : notre besoin de solitude est ébranlé par notre besoin de contact avec l'autre, par exemple, ou notre besoin de calme se heurte au besoin de mouvement de l'autre. Alors, parce que nous n'avons pas appris à accepter le non de l'autre, parce que ce non réveille des émotions que

parfois nous ne savons pas accueillir, nous sommes agacés, et de cet inconfort naît une friction, qui deviendra étincelle ou feu de forêt, au choix.
Pour Sénèque, « la vie, ce n'est pas d'attendre que l'orage passe, c'est d'apprendre à danser sous la pluie ». Parce que nulle existence ne peut faire l'économie de ces crises, autant écouter ce qu'elles ont à nous dire. Ces moments de déséquilibre nous invitent à repenser les relations, à revisiter nos croyances, à nous réinventer. En fait, les désaccords nous font bouger. C'est dans leur forme qu'ils peuvent nous tétaniser, alors occupons-nous de cette forme, essayons d'entrer en désaccord, avec douceur, souplesse, pour en tirer le meilleur.
En effet, ce chaos apparent révèle souvent de nous, ou réveille en nous, un flou artistique, quelque chose que nous n'avons pas vu ou pas su dire, quelque chose qui nous indispose et que nous n'avons pas su ou pas voulu identifier et/ou exprimer. Et si le désaccord avec l'autre était une invitation à une clarification en soi ? Et s'il nous permettait de repérer nos besoins, nos émotions, nos intentions, pour mieux les traduire ? Et s'il était l'occasion de poser nos limites clairement, dans le respect de soi et de l'autre ?
Apprendre à « danser au milieu du chaos », de la crise, tel sera donc l'objectif de ce chapitre. Le philosophe Alexandre Jollien a une jolie formule à ce propos : il nous invite « à déposer ce qui nous habite » pour conserver le lien qui nous lie à nous-mêmes et aux autres. Il nous faut veiller à maintenir la connexion là où le conflit pourrait créer des interférences, rester connecté même quand la ligne semble interrompue, même quand le terrain paraît dévasté.

La crise d'adolescence

Dans le langage courant, les mots « crise » et « adolescence » sont souvent juxtaposés. Je préfère de loin la notion de « passage », comme il en existe des tas dans une vie. De l'enfance à l'adolescence, d'un emploi à un autre, du statut d'adulte à celui de mère ou de père, d'actif à retraité... Nous prenons ainsi divers chemins, qui peuvent être plus ou moins longs, sur lesquels il peut y avoir plus ou moins d'obstacles. L'adolescence est l'un de ces passages, l'un de ces chemins, et les obstacles rencontrés sur la route peuvent créer des étincelles.

Quand je rencontre pour la première fois les parents de Juliette dans mon cabinet, ils présentent leur fille dans son statut d'adolescente, un statut à l'origine de bon nombre de leurs conflits. Après que je les ai écoutés, invités à me donner un exemple concret de conflit, ils portent un autre regard sur la situation. C'est vrai, Juliette a envie de passer plus de temps avec ses amis. Aux yeux de ses parents, cette envie va réduire comme peau de chagrin le temps consacré aux études, et les devoirs ne seront pas faits comme ils le souhaitent. Juliette aimerait qu'ils lui fassent confiance sur la question des apprentissages et qu'ils ne soient plus sur son dos, mais eux souhaitent contrôler, vérifier que tout est en ordre. Alors naissent des conflits : la jeune fille souhaite plus d'autonomie, et ses parents, plus de sécurité pour elle.

Juliette vit ici une période de développement. Elle va bien, elle n'est pas en crise. En revanche, sa relation avec ses parents évolue, et cette évolution engendre des oppositions. Ses parents reconnaissent qu'il est bien question de leur relation : l'évolution de leur fille, ce passage du statut d'enfant à celui d'adulte, a des conséquences sur leur relation. C'est donc bien de la crise relationnelle dont nous allons parler ici, ce moment où émergent des frictions. Votre ado explose, et vous craquez. L'objectif est donc de faire redescendre la pression et de maintenir la connexion, quoi qu'il arrive. Ces pistes vous proposent de faire *avec* la crise, certainement pas *contre* elle, puisque ce serait la nier, et nous connaissons les ravages du déni.

Ce que nous appelons « crise d'adolescence » est un moment clé du développement de l'être humain. Votre enfant grandit et — nous l'avons abordé régulièrement dans ce livre — fait l'expérience d'un certain nombre de modifications dans son corps, son cœur, sa tête et ses relations. C'est une sorte de passage obligatoire, parfois pénible mais en général sans danger. N'avons-nous pas survécu nous-mêmes à l'adolescence ? Ce passage de l'adolescence peut être houleux, certes, mais s'il est considéré comme un apprentissage, il ne devrait pas être délétère dans la majorité des cas. Il est très important de garder en mémoire que cette étape si constructive est temporaire. Bien sûr, vous aurez encore envie de clouer votre ado au mur régulièrement, mais, quand la moutarde vous monte au nez, pensez à ceci : un jour, votre enfant ne sera plus ado, promis.

Repenser les désaccords

En attendant, et quels que soient le conflit, sa nature et son stade d'évolution, je vous invite à vous « connecter » à votre enfant avant de lui demander de corriger la situation. Pour rétablir ou maintenir cette connexion, quoi de plus efficace que de mettre son orgueil dans sa poche et d'aller vers lui pour repenser ce qui vous oppose ?
Tout conflit avec votre ado peut être réparé, vous le valez bien (vous, votre ado et votre relation). Dans son livre *la Discipline positive,* la psychologue américaine Jane Nelsen propose trois étapes dans le processus de réparation d'un dommage. C'est une danse en trois temps sous l'orage quand votre adolescent, ou vous-même, évidemment, avez commis une erreur et causé quelques dégâts. Je vous invite à adopter ces idées pour permettre à votre ado, en miroir, de les acquérir.

* Reconnaître sa part de responsabilité

Cette première étape consiste à reconnaître que le dommage existe, même si personne n'avait l'intention de blesser, de nuire ou de heurter l'autre. C'est à la personne qui est à l'origine des dégâts de s'excuser, même si c'est vous et que vous êtes adulte. Vous n'êtes pas forcément coupable, mais la responsabilité de la réparation vous revient. Reconnaître sa part de responsabilité, c'est prendre conscience de son erreur et de ses conséquences.

✳ Réconcilier

Cette deuxième étape permet de rétablir la connexion, d'entrer à nouveau en relation et de retrouver son calme, d'un côté comme de l'autre. La réconciliation passe par l'expression de ses excuses sincères : je suis désolé, je suis allé trop loin, j'aimerais que tu m'excuses (de préférence à « excuse-moi », qui est un ordre et qui ne vous engage pas puisque le pronom « je » est absent).

✳ Résoudre

La troisième étape est une invitation à trouver des solutions pour réparer. C'est le moment de la réflexion : comment réparer mes erreurs et les éviter la prochaine fois ? La réparation peut alors prendre plusieurs formes. Il peut s'agir d'une **réparation directe et matérielle** (si votre ado a cassé la vitre du voisin en jouant au foot, il peut changer lui-même la vitre ou appeler lui-même un vitrier). Vous pouvez, ensemble, opter pour une **réparation compensatrice** (s'il n'est pas possible de réparer ce qui a été endommagé, vous pouvez suggérer une compensation en lien avec l'erreur commise). Enfin, vous pouvez choisir une **réparation symbolique** (certaines choses ne sont pas réparables, comme la blessure que l'on inflige à un ami en se moquant de lui ; encouragez alors votre ado à choisir la manière dont il présentera des excuses sincères).

Comment s'adapter à la situation ?

Le conflit apparaît lorsque nous ne sommes pas d'accord, quand nous nous sentons différents ou quand nos envies, nos intentions, nos besoins ne semblent pas respectés. Or, avec les adolescents, nous avons souvent l'impression de parler une langue étrangère. Pour vous adresser à eux dans un langage qui peut être entendu, mais surtout écouté, je vous propose de faire le point sur ce que vous souhaitez, sur ce que vous attendez de vos enfants.

Exercice

Que souhaitez-vous pour lui ?

Installez-vous au calme, prenez le temps de respirer et posez-vous une question toute simple : que souhaitez-vous pour votre adolescent ? Réfléchissez : confiance en soi, respect de soi et des autres, sens de l'effort, de l'engagement, goût du travail bien fait, humour, gratitude, bienveillance, soin de soi et de l'autre, bonne communication ?

Prenez un stylo ou un crayon et une feuille blanche, puis notez tous vos souhaits, les uns en dessous des autres. Observez chacun de ces désirs ou espoirs, et poursuivez votre réflexion : qu'est-ce qui, en vous, souhaite cela pour lui ? Est-ce que cela vient de l'amour que vous éprouvez pour lui ou de la peur que vous ressentez, pour lui ou pour vous ?

Cette différence est capitale car, même si certaines de nos peurs sont légitimes, la plupart d'entre elles sont liées à notre histoire. Elles nous appartiennent, mais nous avons tendance à les projeter sur nos proches et, quand elles sont projetées sur nos ados, elles fragilisent notre relation.

Dès que cela concerne nos enfants, nous souhaitons tout un tas de choses formidables sur le papier : qu'ils développent des talents et des compétences à foison, qu'ils soient heureux, qu'ils trouvent leur voie, etc. La barre est haute, et difficile à atteindre puisque nous voyons aussi leurs faiblesses, leurs défauts, leurs vulnérabilités, souvent de façon plus flagrante qu'eux-mêmes ne les reconnaissent. C'est là que le conflit surgit, dans le delta entre nos attentes et la réponse que nos enfants sont en mesure de nous donner.

Le lien avec votre ado est en train de se transformer. Comme pour toute situation nouvelle, tout changement d'habitudes, l'inconfort est au rendez-vous. Vous traversez vous aussi un tsunami, et c'est peut-être un temps de deuil, le deuil de votre tout-petit, de celui avec lequel vous avez tant vécu et qui maintenant n'a plus autant (je tiens à ce mot) besoin de vous. Soyons honnêtes, c'est triste, le deuil, c'est douloureux, c'est la fin de

quelque chose et le début d'on ne sait quoi, et cet inconnu est très anxiogène pour le cerveau.
Votre ado, inconsciemment et bien malgré lui, vous invite à une rencontre avec vous-même, avec vos émotions, vos peurs, vos projections, votre propre histoire et vos faiblesses, vos défauts, vos vulnérabilités. C'est un mouvement vers soi difficile à faire, et pourtant une très belle occasion de grandir, car il n'y a pas d'âge pour mieux se connaître et mieux s'accepter.

Repensez le cadre

✳ Ne prenez pas les choses contre vous

Jusque-là, votre enfant était petit, il vous écoutait, vivait dans le moment présent et, globalement, n'émettait que très peu d'objections. Aujourd'hui, il a le sens de l'observation, un certain esprit critique, il peut être déçu et le dire. Mû par ses idéaux, il est facilement à l'affût de toute incohérence, même (et surtout) lorsqu'elle témoigne de la fragilité de ses parents. Il vous prenait pour un héros, le voilà circonspect devant vos contradictions quand, par exemple, vous hurlez que vous êtes calme. Les adolescents développent une aversion au désaveu qui, je vous l'accorde, peut être difficile à vivre, et toutes les occasions sont bonnes pour qu'ils vous remettent en question.
Seulement, il vous faut garder à l'esprit un élément fondamental : ce n'est jamais contre vous. Vous avez la sensation qu'il le fait exprès, qu'il vous cherche, qu'il s'amuse à vous faire sortir de vos gonds. Son besoin de s'affirmer, de se positionner, peut parfois prendre des allures de provocation, voire de domination, mais il ne s'agit pas de vous ! Prenez de la distance pour éviter les joutes verbales et les rapports de force. Elles ne servent personne, et encore moins votre relation. Gardez en tête un point fondamental : il vous aime et vous aimera toujours. S'il vous titille, c'est pour s'assurer de votre amour inconditionnel et éternel, pour valider votre présence auprès de lui, quoi qu'il arrive et quoi qu'il dise… alors tenez bon !

Quoi qu'il se passe, je vous invite à rester compréhensif et sérieux quand vous dialoguez avec votre enfant. Par exemple, s'il vous dit « Tu peux me déposer un peu plus loin pour que mes amis ne te voient pas ? », vous pouvez lui répondre : « À quel endroit veux-tu que je te dépose exactement ?» Vous pouvez aussi avoir recours à l'humour : « Tu veux que je mette ma cape d'invisibilité ? Elle fonctionne super bien ! » Car il n'a rien contre vous, en réalité, il a juste peur du regard des autres.
Voilà pourquoi je vous invite à plus de souplesse. C'est parfois compliqué, douloureux, mais mettez votre orgueil de côté pendant quelques années. Ne restez pas campé sur vos positions et renouez le dialogue avec votre enfant. Cela vous permettra de rester connecté... pour poser de nouvelles limites.

✳ Montrez-lui le chemin de l'autonomie

L'idée ici est d'apprendre à connaître un peu plus votre enfant, ou plutôt l'adulte qu'il est en train de devenir. Votre rôle est de le respecter, de le soutenir, de le sécuriser pour qu'il puisse évoluer librement dans le monde, et cela suppose de lui transmettre des règles et des interdits, ou plutôt des repères et des références. Si l'objectif de l'éducation est la liberté d'un petit d'homme, alors elle implique le relâchement des liens de dépendance qui le rattachent à ses « éducateurs ».
Lorsqu'une crise survient, nous sommes tentés de retomber dans une forme d'autoritarisme. Les enfants, adolescents compris, doivent se taire et obéir, point. Comme si le moule que nous avons pensé pour eux devait être rigide et cloisonné. Certains de nos gestes, certaines paroles, sous l'effet de la colère ou de la frustration, deviennent humiliants et coupent instantanément le lien. Avant d'agir ou de commenter, demandez-vous toujours : « Oserais-je parler ainsi au fils de mon voisin ? Est-ce que je me comporterais de la même façon ? » Si la réponse est non, alors pourquoi le faire avec votre enfant ?
Notre rôle de parents est de nous adapter à ceux qu'ils sont plutôt que de vouloir les construire à notre image. L'important est qu'ils

prennent autorité sur eux-mêmes pour décider progressivement et librement de la façon dont ils vont mener leur vie, selon leurs envies, leurs besoins, leurs souhaits, leurs valeurs.

La coopération est donc le maître mot. Poser un cadre, fixer des limites, donner des repères est important tant que l'enfant n'est pas en mesure de se les créer. Il s'agit cependant de lui permettre, dès que possible et peu à peu, de construire son propre cadre, de réfléchir à ses limites personnelles, d'avancer selon ses repères à lui, en fonction, bien sûr, de son « niveau » de développement, de sa maturité.

Pour les tout-petits, les choses semblent évidentes : ils apprennent par exemple progressivement à reconnaître leurs chaussures, puis à se souvenir de les mettre avant de sortir, puis à les lacer, etc. Pour les ados, la tâche est plus complexe, je vous l'accorde : les thèmes sur lesquels vous allez devoir collaborer, lâcher prise, transiger et composer sont bien plus impliquants pour la famille. Pourtant, le processus est le même. À vous de (re)créer ensemble un cadre familial qui convienne à chacun, tout en exprimant vos limites et vos besoins, qui ont autant d'importance que ceux des autres.

✳ Fixez de nouvelles limites

Ce cadre doit donc être repensé et assoupli au moment de l'adolescence. Par exemple, l'heure du coucher peut être rediscutée en fonction des besoins de votre enfant, et passer de 21 heures à 22 h 30. L'heure du réveil pendant le week-end peut également être modifiée : mettez-vous d'accord pour un réveil jusqu'à 10 h 30 au maximum, et prévenez-le que, s'il dort encore, vous irez le réveiller.

Même s'il est fondamental, avec un ado, de cocréer les nouvelles donnes, il est impératif de ne pas déroger aux règles une fois qu'elles sont fixées. Là encore, tenez bon ! Si vous constatez que les limites ne conviennent pas, ouvrez à nouveau le débat en famille et réenvisagez ce qui vous semble acceptable... et retenez qu'un réveil à 13 heures ne l'est pas puisqu'il décalerait son rythme.

Votre ado doit pouvoir faire l'expérience de la frustration. Pour le psychologue Didier Pleux, si un ado ne connaît aucun déplaisir, il risque de devenir un adulte fragile et vulnérable en cas d'obstacles. Beaucoup de parents, pour obtenir la paix et préserver l'harmonie, ont pris l'habitude de tout accorder à leur enfant, au point de voir leur rôle réduit à celui de taxi, de banquier et de restaurateur. L'ado à qui l'on ne demande rien ne fait rien ! S'il n'a pas connu de contraintes, comment peut-il accepter la frustration ? Évidemment, il est peut-être difficile pour vous de poser ces fameuses limites, pourtant nécessaires. Si c'est le cas, interrogez-vous : pour quelles raisons avez-vous du mal à lui dire non ? Mettre au clair vos propres craintes vous permettra de vous exprimer plus aisément.

* Demandez et donnez réparation

Qui dit limites dit obligatoirement franchissement des limites, et nécessaire réparation. Adele Faber et Elaine Mazlish, deux psychologues spécialisées en parentalité, posent une question intéressante à ce sujet : « Pourquoi s'étonner que nos enfants pensent à se protéger plutôt qu'à chercher des solutions pour régler les problèmes lors des moments de crise ? Nous les avons habitués à la punition en réponse à leurs méfaits. »
Punir serait-il improductif ? En tout cas, mieux vaut pour l'enfant savoir reconnaître sa responsabilité (en cas de dommage matériel ou de blessure causée à autrui), manifester du regret, de la compassion, et procéder à une forme ou à une autre de réparation. Ce sont autant de preuves d'intelligence, certainement pas un aveu de faiblesse, ni une humiliation.
Et si nous nous éloignions de l'idée de punition pour nous concentrer sur la notion de réparation ? L'objectif ici sera de dépasser la crise en réparant ce qui a pu être cassé par ladite crise, qu'elle ait été passagère ou qu'elle se soit un peu éternisée.

→ La sanction réparatrice

Si votre ado transgresse une règle ou adopte un comportement dangereux et inacceptable (il a fait le mur, il a bu alors qu'il rentrait en scooter), une sanction réparatrice sera l'occasion pour vous de lui manifester un intérêt bienveillant et de lui confier une responsabilité. Ce qui se joue ici pour lui, ce n'est pas seulement de réparer ce qui a été cassé (votre confiance ou son scooter), mais aussi de se réparer lui-même. « Lui demander de réparer, c'est aussi lui dire qu'on croit en lui et le reconnaître capable d'apporter à la collectivité quelque chose de positif », écrit Élisabeth Maheu, spécialiste des questions éducatives.

→ **La réparation à l'initiative de l'ado**
L'idée est que votre enfant, avec le temps, parvienne lui-même à reconnaître sa part de responsabilité ou son erreur, à l'assumer et à être à l'initiative du processus de réparation. Cela nécessite une posture positive des parents : une faute, quelle que soit sa forme (la transgression d'une règle, un conflit, un comportement inacceptable, des mots déplacés…), est toujours une opportunité d'apprentissage. Si votre ado est amené à considérer ses erreurs comme des aveux de faiblesse ou comme le signe d'un mauvais caractère, voire d'un dysfonctionnement, il aura tendance à se décourager. Fataliste, il pourrait devenir défensif, critique, agressif.

→ **La réparation à votre propre initiative**
Ce qui est valable pour les adolescents l'est tout autant pour les adultes. Les parents doivent accepter d'entrer dans un processus de réparation envers leur enfant. Votre ado sera prêt à pardonner quand vous lui présenterez des excuses, et, grâce au fonctionnement des neurones miroirs, il sera plus prompt lui-même à reconnaître ses torts le cas échéant. Si vous vous emportez, si vous niez les faits, si vous criez, si vos mots sont humiliants, alors il éprouvera de la colère et du ressentiment. Parce que nous nous trouvons tous, un jour ou l'autre, débordés, nous devons (ré)apprendre à nous dire désolés. C'est ainsi que la relation et la connexion sont rétablies, car l'adolescent est parfaitement capable lui aussi de passer de la colère au pardon s'il fait face à un adulte respectueux et sincère.

→ **La réparation du côté de la victime**
Enfin, la réparation permet à la victime de ne plus être obsédée par l'envie de se venger, de ne plus être terrassée par

la peur, la colère ou la tristesse. Une fois le dommage réparé, l'incident est clos. La personne blessée peut se dire sans arrière-pensées, ni amertume, ni ressentiment : « On s'est expliqué, tout va bien, on se parle à nouveau. »

✳ Pensez-y, vous l'aimez !

Avant de clôturer cette partie, je vous propose une expérience, un pas de côté au cœur de la crise. Entourez trois mots dans la liste ci-dessous qui illustrent pour vous les qualités de votre ado ; vous pouvez bien sûr ajouter des talents qui ne sont pas sur cette liste. Entourez-en trois au maximum.

Sensible	Intelligent	Généreux	Créatif	Imaginatif	Drôle	Joyeux
Plein d'idées	Attentif	Aventureux	Gentil	Calme	Actif	Flexible...

Pour chaque qualité choisie, pensez à un exemple concret, puis notez la qualité et l'exemple selon le modèle ci-dessous :

Qualité : ....

Exemple : ....

Qualité : ....

Exemple : ....

Maintenant, discutez de cette liste avec votre ado et expliquez-lui la raison pour laquelle ces qualités sont si importantes pour vous.

Ce qui se passe en lui

Le fantasme de l'invincibilité

Ce qui se passe à l'intérieur de votre adolescent est épuisant. Ce chamboulement bouleverse tout, de ses hormones à ses émotions, de son sommeil à sa faim, de son énergie à ses idéaux. C'est un branle-bas de combat qui le déroute, dont il ne connaît ni les tenants ni les aboutissants, et dont il ne sait pas toujours quoi faire, ni comment le réguler.

Se voir ainsi changer n'est pas pour lui une partie de plaisir. Cette distorsion cognitive peut être à l'origine d'aberrations à nos yeux. L'adolescent, lui, est certain de sa pensée magique : « Si je ne fais pas mes devoirs, je vais quand même m'en sortir » ou « Si je bois beaucoup d'alcool, mon corps va l'absorber. » À son âge, il y a une forme d'invincibilité. Évidemment, cela vous agace, vous criez à l'autosabotage, vous mourrez de peur, mais souvenez-vous : son sens critique est en développement, comme son cerveau. La bonne nouvelle, c'est que vous avez encore plein de choses à lui apprendre. Si tous ces mouvements, tous ces changements épuisent son entourage, c'est surtout à lui qu'ils coûtent. Entrer dans ce passage qu'est l'adolescence peut être douloureux. Reconnectez-vous à lui car, même s'il semble vouloir couper le cordon, il a plus que jamais besoin de vous.

De quoi a-t-il besoin ?

✳ Il a besoin d'un cadre présent et flexible

Votre ado a encore besoin de limites. Vous devrez définir un cadre de référence, dont les contours s'assoupliront pour répondre au besoin de liberté et d'autonomie de votre enfant qui devient grand. La définition de ces limites doit être collaborative, et vous en serez toujours le garant. Elles délimiteront l'intimité du cocon familial, groupe de référence sur lequel votre enfant pourra toujours compter, s'il se sent triste, par exemple, ou rejeté de ses autres groupes. Les allers et retours, depuis et vers le cocon, sont représentatifs de l'apprentissage social de cette période de la vie. Vous pouvez, lors d'une balade ou tranquillement installés autour d'une table, lui proposer de discuter de ses heures de sortie. J'accompagne ainsi les parents de Juliette à échanger sur ses sorties. Plutôt que lui imposer une heure de retour, ils discutent, écoutent leur fille, reçoivent ses arguments, expriment les leurs, puis, ensemble, construisent un cadre juste et respectueux de chacun : pas plus de trois sorties par semaine, avec un retour avant 22 h 30 en semaine et 1 heure du matin le week-end.

✳ Il a besoin d'intimité

Un espace de vie privé, délimité, réservé, qui lui appartient en propre, est nécessaire à votre adolescent. Il doit pouvoir vivre une partie de sa vie sans vous. Pour cela, il va avoir besoin de trouver des confidents à l'extérieur du cocon familial, non pas contre vous, mais parce qu'il a besoin de se construire auprès des autres, de s'ouvrir à eux, pour élargir son champ relationnel. Tout est normal, et même très sain. Souvenez-vous : vous aussi avez préféré vous confier à un ami ou à une cousine pour vous éloigner un peu de vos parents, pour éprouver cette nouvelle indépendance. Vous n'aurez plus le même contrôle sur vos enfants, et c'est tant mieux, car ils ont besoin de cette distance, de cette intimité, pour grandir, se rencontrer, se découvrir.

✳ Il a besoin d'attention pour trouver une solution

Se montrer attentif vis-à-vis d'un adolescent n'est pas toujours simple. La subtilité est de mise car, sous ses grands airs de personne parfaitement autonome, il a encore besoin de vous, de votre attention, de votre présence. S'il foule désormais le chemin de l'autonomie et de la liberté, il doit sentir que vous êtes toujours à ses côtés, et ce même si le lien semble fragile ou rompu, même si la connexion paraît mauvaise, même s'il vous donne l'impression de repousser vos tentatives.
En cas de crise, faites preuve d'attention : proposez de chercher ensemble une solution, en suivant sept étapes...

- → **Constat :** rappelez les faits, et rien que les faits, sans jugements ni projections.
- → **Son point de vue :** interrogez-le, demandez-lui ce qu'il en pense, ce qu'il ressent.
- → **Votre point de vue :** donnez votre avis, parlez de vos sentiments.
- → **Gratitude :** remerciez-le pour cette confiance, ce partage.
- → **Réflexion :** envisagez ensemble différentes solutions.

- → **Choix :** optez pour l'une ou l'autre de vos idées, puis essayez ensemble de la mettre en œuvre.
- → **Réflexivité :** fixez un rendez-vous afin de faire, ensemble, un bilan.

✳ Il a besoin d'un regard positif

Pour l'aider à mobiliser ses ressources positives, vous pouvez vous appuyer sur l'effet Pygmalion. Sa découverte revient au psychologue américain Robert Rosenthal. Lors d'une expérience, il confie des rats à deux groupes d'étudiants en sciences. Les animaux sont choisis de façon totalement aléatoire. Le chercheur demande ensuite aux étudiants de faire traverser un labyrinthe à chacun de ces rats, mais en formulant différemment sa consigne. Le premier groupe d'étudiants est censé bénéficier de rats de compétition, alors que sont attribués au deuxième groupe des rats normaux. Il est donc induit que les rats du premier groupe possèdent bien plus de capacités que ceux du second groupe, même si, en réalité, tel n'est pas le cas. Quels sont les résultats de cette expérience selon vous ? Les animaux de « compétition » obtiennent de bien meilleurs scores que leurs congénères « normaux ».

L'expérience est ensuite réalisée dans une école. Un test de QI est proposé aux élèves d'une classe. Les résultats, trafiqués, qui sont envoyés par « erreur » aux professeurs, prêtent à certains élèves un QI bien plus élevé qu'aux autres. À la fin de l'année, ces élèves favorisés obtiennent des résultats bien meilleurs que leurs camarades ; certains ont même gagné des points de QI. Interrogés, les professeurs reconnaissent, avec un peu de gêne, avoir manifesté plus de sympathie, de chaleur et d'amitié envers les élèves qu'ils pensaient particulièrement intelligents…

Quelle est la morale de l'histoire ? En agissant avec quelqu'un comme s'il possédait déjà certaines qualités, nous l'influençons de façon positive. Nous lui permettons d'acquérir ces facultés plus facilement, pour pouvoir ensuite les exprimer librement. Cultiver au quotidien cet effet Pygmalion garantit un accompagnement de qualité et sécurisant.

ARRÊTE DE ME PARLER SUR CE TOOOON !
...

Des idées pour adoucir le quotidien

✳ S'occuper de soi quand la coupe est pleine

En cas de crise avec votre adolescent, rappelez-vous l'importance d'être à l'écoute de vos émotions et de prendre soin de vos besoins. N'essayez pas tout de suite de trouver une issue ou une solution, mais isolez-vous pour faire retomber la pression. Quand nous sommes en conflit, notre rythme cardiaque augmente, nous sommes en dérèglement émotionnel. À ce moment précis, nous ne pouvons prendre en compte l'autre. Certaines études sont formelles : nous avons besoin d'au moins vingt minutes pour faire baisser notre rythme cardiaque, et donc faire redescendre la pression. En vous retirant momentanément de la situation, vous vous retrouvez avec vous-même, vous êtes « dans » ou « avec » votre colère, votre peine, votre inquiétude. Occupez-vous d'elles.

Identifiez votre émotion

- Quels sont vos signaux corporels ?
- Quelles sont vos pensées ?
- Quel est votre comportement ?

Faites baisser la pression

- Prenez une inspiration.
- Retenez votre respiration.
- Procédez à une expiration longue et entière (plus longue que l'inspiration).
- Recommencez au moins trois fois.

Vous pouvez également vous aider de l'application Respirelax (à conseiller sans modération à votre ado) ou encore pratiquer une séance d'*Emotional Freedom Technique* (EFT). C'est une technique de libération émotionnelle qui repose sur le tapotement de points spécifiques. Il s'agit notamment de stimuler le point karaté : tapez le haut de la tranche externe de la main droite avec le haut de la tranche interne de la main gauche en répétant, à voix haute

ou dans votre tête : « Même si je suis en colère, je m'aime et je m'accepte. » Faites-le à dix reprises, en respirant lentement.
Vous pourrez ensuite revenir vers votre enfant pour rétablir la communication et la connexion. N'hésitez pas à partager ce qui vous trouble : verbaliser une émotion permet déjà d'en atténuer l'intensité. Avec respect, mesure et bienveillance, bien sûr.
Et si vous craquez ? Et si vos mots dépassent votre pensée ? Ça arrive, et ça arrivera toujours. Il est important de reconnaître son erreur et de s'excuser. Ne cherchez pas à camper sur vos positions. Avoir raison ne sert souvent pas à grand-chose. Faites de votre mieux en mettant de côté votre orgueil. Souvenez-vous : il y a toujours une façon de tirer profit ensemble d'un conflit.

✳ Créer des espaces-temps dédiés au lien

C'est un temps de présence et de qualité que je vous propose de partager régulièrement avec votre ado. Ces rendez-vous exclusifs sont un cadeau d'écoute, d'attention, de compréhension, de connexion. L'heure n'est pas aux jugements, encore moins aux réprimandes. Il s'agit pour vous d'appuyer sur le bouton stop de vos exigences parentales pour vous connecter à fond avec lui.
Faites-lui part de vos disponibilités, puis proposez-lui de choisir un moment quand il le souhaite, pour partager à deux l'activité qui lui plaira. Laissez-le aux commandes, laissez-vous surprendre.

✳ Multiplier les encouragements

Encourager et complimenter sont deux choses différentes. L'encouragement consiste à motiver une personne, à lui donner du courage, à l'inciter à persévérer, à continuer ses efforts. Le compliment, lui, consiste à féliciter quelqu'un, à lui faire des éloges pour une raison donnée. Les deux sont importants.
Les compliments valorisent la motivation externe ; c'est le mécanisme de récompense qui entre en jeu, puisqu'ils flattent l'ego, rassurent l'ado. Et il en a besoin. Les encouragements lui apportent un petit plus, car ils permettent de nourrir la motivation interne, celle qui va favoriser la continuité de l'effort et donner l'envie de progresser.

Ici, l'invitation est aux encouragements, et en voici plusieurs exemples...

- Les encouragements descriptifs : « J'ai vu que tu avais fait ton lit, aujourd'hui. »
- Les encouragements appréciatifs : « Merci de m'avoir aidé à ranger le lave-vaisselle. »
- Les encouragements de mise en capacité : « Je vais t'aider à réviser ce contrôle, et je sais que tu peux le faire ! »

Évidemment, continuez de complimenter votre ado lorsque vous sentez qu'il a besoin de regonfler un ego en berne, tout en faisant preuve de justesse et de mesure.

✳ S'entraîner à exprimer sa gratitude

Dire merci, ça fait du bien... c'est prouvé par la science ! Selon les chercheurs, la gratitude ferait vivre plus longtemps et en meilleure santé tant elle stimule le nerf vague. Ce nerf majeur, en plus de piloter notre système immunitaire, active la libération des hormones du bien-être. Donc, plus vous remerciez les autres ou la vie pour les bienfaits qu'ils vous apportent, plus votre humeur s'améliore, et se dire merci mutuellement développe une jolie relation de confiance et parsème de joie et de reconnaissance les rapports du quotidien.

Le soir à table, invitez chaque membre de la famille à repenser à sa journée et à identifier trois choses qui lui ont procuré du plaisir, de la satisfaction ou du bonheur, et pour lesquelles il a envie de dire merci (à quelqu'un ou au monde). Ce peut être d'avoir bien rigolé avec une copine ou d'avoir profité d'un soleil splendide. Cette expérience familiale permettra à votre ado de ne pas se sentir agressé par une focalisation excessive sur sa personne... ou ses devoirs.

WARNING

Quand s'inquiéter ?

Quand les tempêtes émotionnelles sont récurrentes, quand le repli sur soi devient isolement, quand la fatigue vire à l'inactivité, quand l'adolescent souffre de troubles du sommeil ou de l'alimentation, il est important d'intervenir. Allez vers lui, confiez-lui calmement votre inquiétude et ouvrez le débat pour laisser place à la parole et au doute.

Si vous vous sentez dépassé, las et triste parce que votre ado se sent dépassé, las et triste, vous devez demander de l'aide. Vous pourriez bien sûr être réticent, parce que vous ne savez pas à qui vous adresser, ni de quoi vous avez, vous et votre ado, besoin. Vous pourriez aussi considérer que ne pas parvenir à gérer la situation seul, ou en famille, c'est échouer. Pourtant, demander de l'aide ne dit rien de nos réussites, ni individuelles, ni parentales, ni relationnelles. Cela ne fait pas de vous un mauvais parent, bien au contraire. Reconnaître son impuissance, ses failles ou ses fragilités est toujours un acte responsable et courageux.

Dans certaines familles, pour certains enfants, ce passage peut générer des difficultés importantes qui méritent toute votre attention. Je vous invite à observer, à être attentif aux signaux que votre ado envoie, consciemment ou non. Savoir repérer ce qui se passe vous permettra ensuite de prendre les mesures nécessaires, et éventuellement de consulter un psychiatre ou un psychologue. Un professionnel de l'écoute et de l'accompagnement sera un point d'appui salutaire pour vous, pour votre ado, pour votre famille. Faites appel à l'un d'eux si la situation vous semble trop lourde à porter.

L'INCONNU

Le point de vue de Raphaël

Raphaël et ses parents se présentent à mon cabinet un samedi. Lui n'a pas envie d'être là, il aurait préféré faire ce qu'il a l'habitude de faire le samedi…

Je n'ai pas envie d'être là. Je n'aime pas la nouveauté, changer mes habitudes. Mes parents disent que je n'ai de motivation pour rien, que je veux juste être avec ma bande de potes. Mais c'est normal, ça me rassure d'être avec eux. Ils me connaissent, je les connais. Et avec eux, je peux tout découvrir, tout essayer. Savoir, connaître, ça me rassure, je peux y aller. L'inconnu, c'est flippant. Ça me fait reculer, je n'ai pas envie de faire d'efforts pour ce que je ne connais pas. En même temps, ça me donne envie. Tu vois, c'est un peu comme aller dans une soirée pleine de nouvelles personnes. Tout seul, je n'irais jamais, alors qu'avec mes potes j'y vais. J'ai besoin d'un minimum de sécurité pour accepter ce que je ne connais pas. D'ailleurs, maintenant que je vous ai vu, ça va mieux, je vous connais.

Les parents de Raphaël n'ont qu'un souhait : que leur fils prenne sa vie en main et devienne autonome. Je leur demande ce qu'est l'autonomie pour eux, et ce qu'ils éprouvent en entendant les propos de Raphaël. L'objectif est de comprendre ce qu'autonomie et inconnu ont en commun.

Évidemment, vous ne savez pas ce que l'avenir vous réserve. Vous ignorez ce que votre adolescent va devenir, et pourtant vous aimeriez le savoir pour être rassuré. Comment composer avec ces doutes ?

Avez-vous tant besoin de lui assurer un avenir clés en main, sans dérapages, sans accrocs, sans expériences, sans déconvenues ? Mais alors, à quoi ressemblerait la vie de votre ado ? Peut-il seulement apprendre à être lui-même s'il ne tente pas de découvrir qui il est ? Sauter dans l'inconnu n'est pas notre fort. Perdre le contrôle et avancer sans y voir clair n'ont jamais été très confortables pour l'être humain. Nous aimons notre zone de confort, cet univers que nous connaissons bien, ce chemin que l'on emprunte chaque jour, ces amis que l'on voit au long cours. Le connu est particulièrement sécurisant, certes, mais il peut aussi se révéler limitant. Doucement et sûrement, nos habitudes nous font prendre de la distance avec nos rêves, nos aspirations, et nous oublions, dans la tiédeur du confort, ce qui nous anime dans le fond et nous met en mouvement. Alors, comment réussir à garder le cap quand tout semble inconnu ? Comment cheminer entre le mouvement, le nouveau, l'apprentissage, le besoin de grandir et la sécurité ? Comment sortir de notre zone de confort... en sécurité ?

Votre ado, lui, côtoie l'inconfort en permanence ! C'est sa réalité, son quotidien. Il saute sur toutes les occasions, il prend tous les risques, il idéalise tout ce qui l'entoure et vit sa vie puissance quatre. Même quand l'inconfort l'insécurise, il essaie d'avancer, de sauter, de se lover (dans le canapé) pour flotter entre l'inconfort et le confort de ce passage si exaltant, et parfois déroutant. Vivre d'aussi près l'adolescence de votre enfant, c'est la chance, pour vous et votre famille, de porter un autre regard sur le monde, un regard plus intense, qui vous invite à sortir de la torpeur pour vous reconnecter à vos rêves. Vous avez là l'occasion de profiter de l'enthousiasme de votre ado pour sauter dans l'inconnu avec lui, pour repenser vos fondations, réinventer votre vie, revisiter vos valeurs, revoir vos peurs et retrouver votre propre jeunesse.

Ce que les ados disent

Demain ? On verra bien...

J'ai besoin de faire
mes expériences.

J'aimerais que mes parents
me laissent plus d'autonomie.

Ces instants de flottement,
allongé sur mon lit ou le canapé,
ils entretiennent mes rêves.

J'ai besoin de sens et d'espoir,
même si tout est incertain,
même si je ne sais rien.

Ne pas savoir ce qui se passera
demain, c'est flippant
mais excitant.

Ce que pensent les parents

Il se fout de son avenir !

Choisir sa voie,
c'est se mettre à l'abri.

S'il n'est pas sérieux,
il n'arrivera à rien.

La vie est dure,
il doit se préparer à se battre.

Comment peut-il s'en sortir
dans ce monde si instable ?

Il ne pense qu'à des futilités.
Nous sommes les seuls,
ses parents, à être responsables.

Et vous ? Qu'en pensez-vous ?

Complétez cette liste avec vos propres croyances :

____

____

____

____

Maintenant, je vous propose d'en parler autour de vous. Échangez avec votre conjoint, vos amis, d'autres parents. Faites danser votre esprit critique et votre sens de l'écoute. Même si cela vous paraît étonnant, expérimentez ! Le partage permet de prendre du recul, d'élargir son point de vue et de sortir de certaines situations quand elles semblent dans l'impasse. Il se pourrait que vous appreniez des tas de choses et que vous vous sentiez moins seul...

Ce que dit la théorie

De l'inconnu à l'impermanence

Ce que nous appelons « inconnu », les bouddhistes l'appellent « impermanence ». Ce sont deux mots pour un même concept, « je ne sais pas ». Nous n'avons pas du tout la même manière de l'aborder. Pour nous, l'inconnu génère de l'anxiété : nous avons tant besoin de repères pour nous construire que l'inconnu réveille une insécurité venue des tréfonds de nous-mêmes. Quand nous ne savons pas, quand nous ne contrôlons pas ou, du moins, quand nous perdons notre illusion de contrôle, tout semble partir à vau-l'eau.

Ce « je ne sais pas » n'a pas sa place dans une société comme la nôtre, qui exige des réponses. Dans nos croyances, ne pas savoir est un aveu d'impuissance. D'ailleurs, comment faites-vous, vous, quand vous ne savez pas ? Que fait votre cerveau face à une question sans réponse apparente ? Parce qu'il ne supporte pas le vide, il le comble avec tout ce qui passe ! Généralement, nos croyances font l'affaire et répondent parfaitement bien à la peur du rien : nous projetons, nous anticipons, nous ordonnons parfois, parce que le changement est trop insécurisant.

Les bouddhistes, eux, voient les choses différemment et envisagent l'inconnu sous un autre angle. L'idée est que tout est en mouvement, tout le temps : ce qui était là hier ne sera plus là demain. Chaque jour serait donc inconnu. Avoir conscience que

tout évolue en permanence et accepter cette donnée font partie de leur philosophie, des piliers de leur pensée. Ils n'essaient pas de combler le « je ne sais pas », ils l'acceptent.
Pour mieux comprendre ce concept, voyageons quelques instants dans l'histoire, la grande et la petite telle que nous la raconte Herman Hesse[2]...

> Quatre grandes rencontres donnent envie au prince Siddhartha de quitter le palais où son père, voulant le protéger de la réalité du monde, le confine depuis l'enfance. Alors qu'il s'aventure à l'extérieur de son propre cocon royal avec un cocher, il rencontre d'abord un vieillard ridé et édenté, aux cheveux blancs, courbé sur sa canne. « Tous les êtres vieillissent de la sorte, la jeunesse ne dure qu'un temps, puis le corps s'use », lui explique alors le cocher. Siddhartha aperçoit ensuite un homme affaibli et fiévreux, au corps couvert de pustules, jeté à la rue par sa famille. « C'est un malade, et il existe bien d'autres maladies ! Personne n'est épargné, dit le cocher. Avoir un corps amène inévitablement à éprouver un jour ou l'autre la maladie. » Un peu plus loin, c'est un cortège funèbre que croise le prince. « Ces personnes, explique encore le cocher, pleurent parce qu'elles ne reverront jamais celui qui est parti. Tous les êtres qui peuplent l'univers connaîtront la mort. Tout corps finit par dépérir de cette façon. » Enfin, Siddhartha rencontre un moine errant qui tient son bol à aumônes. Son visage est serein, et il est absorbé dans une profonde méditation. C'est ainsi que le futur bouddha comprend que sa riche condition ne le protégera jamais de la vieillesse, de la maladie et de la mort, mais qu'il doit partir en quête de la vérité qui, seule, pourra le libérer. Il décide alors de prendre les routes, celles qui le mèneront vers l'Éveil.

Derrière la vieillesse, la maladie et la mort transparaît la notion d'impermanence, l'un des piliers de l'enseignement bouddhiste avec

2. Herman Hesse, *Siddhartha*, Le livre de poche, 1975.

celle d'interdépendance. Elle affirme que toutes les choses, du plus petit atome à la galaxie, de l'être humain à la montagne, du corps à la pensée, interagissent et sont constamment en train de changer. Tout, absolument tout, passe par le même cycle d'existence : la naissance, la croissance, le déclin et la mort. Nous vivons dans l'illusion, convaincus que nous pouvons figer le cours des choses auxquelles nous nous accrochons, mais rien n'est jamais définitivement acquis. Votre enfant n'en est plus un, d'enfant, il devient un ado, puis sera un adulte. Bel exemple d'impermanence, n'est-ce pas ?

Accepter le présent

Nous sommes donc continuellement soumis à des turbulences, que nous ne pouvons ni éviter ni changer, contre lesquelles nous ne pouvons pas lutter, même avec la meilleure des volontés. Nous oscillons ainsi entre joie et tristesse, entre rêves et désillusions, laissant nos projections parasiter l'instant présent. En Occident tout particulièrement, beaucoup d'entre nous vivent dans la croyance, erronée bien sûr, d'une possible permanence. Notre regard, tantôt accroché au passé, tantôt tourné vers l'avenir, ne voit plus ce qui est ici et maintenant, qui, lui, est bien réel. Le temps qu'il nous reste s'écoule, sans que nous puissions agir pour l'arrêter, nous donnant parfois l'impression qu'il nous échappe ou qu'il passe trop vite. C'est pourquoi il est important de se rendre compte que chaque instant est précieux.

L'acceptation de l'impermanence nous amène tout naturellement au détachement. Ce détachement n'est pas de l'indifférence, c'est aimer complètement ce qui est présent. Ce n'est pas non plus une absence de douleur : il y a des moments où la souffrance est très intense, et d'autres moins, car elle aussi est impermanente, et elle s'adoucit d'autant plus qu'elle est partagée. En tant qu'êtres humains, nous partageons la même souffrance, ce qui a un côté apaisant. Alexandre Jollien, philosophe, aime cette idée de solidarité. Il nous rappelle cette phrase du gourou indien Swami Prajnanpad : « L'amour consiste à aider l'autre à relâcher ses tensions. » Nous pouvons tous aider l'autre en étant présents, en l'écoutant et en lui permettant de se décentrer de sa souffrance, pour qu'il habite mieux le présent. Qu'est-ce qui fait qu'il s'accroche à la permanence ? Qu'est-ce qui lui donne la capacité de lâcher prise ? Qu'est-ce qui le met en joie ? C'est important, car c'est bien de cette joie que naît la force de se détacher.

Quelles sont vos expériences de joie les plus fortes ? Pour être tout à fait sincère, en partageant avec vous certaines de mes expériences les plus intenses, je m'aperçois que ce sont celles de pleine présence. À quoi, me demanderez-vous ? À mon amie assise en face de moi, à la musique que j'entends, au coucher de soleil ou à une étoile dans le ciel... Tous ces moments où, alors que je suis pleinement connectée à mes sensations, le temps s'arrête, l'image se fige, pour ne laisser place qu'à l'instant, qu'au présent, qui prend fin pour laisser place à autre chose.

Il nous appartient donc d'accepter cette loi de la vie, l'impermanence des êtres et des choses, les transformations, les cycles, les divers passages qu'implique l'existence. Cela ne veut pas dire se résigner, se plier ou se soumettre : c'est simplement accepter ce flux au lieu de lui résister ou de le nier. Accepter, c'est intégrer le fait que nous devons lâcher prise sur ce qui ne dépend pas de nous. Accueillir ce qui est là permet de faire avec les aléas de la vie et de garder l'équilibre dans toutes les situations, qu'elles soient douloureuses, tristes ou joyeuses.

Rien n'est donc figé, ni permanent, pas plus votre état d'esprit que votre adolescent ! La vie est un flux soumis aux changements, car rien ne demeure en l'état. Pour vivre serein, il nous appartient de ne pas donner d'importance à ce qui ne nous est pas essentiel.

Avant de passer à ce qui se passe en vous quand l'inconnu vous déstabilise, replongeons un instant dans l'histoire, la grande et la petite...

> Un roi était continuellement déchiré entre le bonheur et le découragement. La moindre chose le contrariait beaucoup ou provoquait chez lui une réaction vive, et sa félicité se transformait vite en déception et en désespoir. Il envoya quérir

un sage qui vivait dans son royaume. Lorsque le sage arriva à la cour, le roi lui dit :
— Je voudrais être comme toi. Peux-tu me donner quelque chose qui m'apportera l'équilibre, la sérénité et la sagesse ?
Le vieux sage tendit au roi un coffret en jade sculpté. Après avoir ouvert le coffret, le roi y trouva un simple anneau d'or. À l'intérieur de l'anneau, il y avait une inscription : « Cela aussi passera ».
— Portez cet anneau en tout temps, dit le sage. Quoi qu'il arrive, avant de qualifier les choses de bonnes ou de mauvaises, touchez l'anneau et lisez l'inscription. Ainsi vous serez toujours en paix.

Votre tout-petit devient grand. Il traverse ce sas qu'est l'adolescence et, oui, avec lui, vous sautez dans l'inconnu de ce que la vie lui réserve. Profitez de chaque instant avec la curiosité d'un enfant et la confiance que tout est déjà semé. Le reste n'est que surprise !

Comment s'adapter à la situation ?

La situation est nouvelle et vous n'avez plus toutes les cartes en main pour mener la partie. La vie de votre ado dépend désormais bien plus de lui que de vous. Vous vous apercevez peut-être que votre enfant est autre (autre que vous), et que des aspects de sa personnalité vous sont inconnus, que lui-même est une personne singulière, à part entière, qui n'est pas complètement à votre image.
« Lorsque nous ne sommes plus capables de changer une situation, nous sommes mis au défi de nous changer nous-mêmes », écrit le psychiatre Viktor Frankl. Je vous invite donc, puisque vous n'êtes plus totalement aux manettes, à regarder ce qui se passe en vous, à reconnaître ce que cette situation nouvelle fait naître en vous, à repérer ce qu'évoque l'inconnu pour vous.

Exercice

De quoi avez-vous peur ?

La peur est une émotion que nous partageons tous. Garante de notre survie, elle nous informe du danger puisqu'elle nous fait réagir immédiatement lorsqu'une menace nous guette. C'est grâce à elle que nous refermons la porte en un quart de seconde si un tigre mangeur d'hommes nous attend sur le paillasson.
Cette émotion, que nous partageons avec de nombreuses autres espèces vivantes, induit un comportement réflexe. Notre cerveau est câblé pour placer son attention sur ce qui nous menace. Ce bouton sur lequel il appuie quand nous nous sentons en danger existe et existera toujours, car il est tout simplement essentiel à notre existence. Notre peur est utile, c'est un fait, mais l'est-elle en toutes circonstances ?
Notre cerveau ne sait pas « naturellement » différencier une menace réelle (*je vais me faire dévorer*) d'une menace pour l'ego (*je dois parler devant un public de quarante personnes et je panique à l'idée qu'ils me jugent ou se moquent*). Quand notre ego est menacé, le cerveau génère la même quantité de cortisol, l'hormone du stress, que lorsque nous apercevons un tigre sur le paillasson. De la même façon, nous monopolisons toute notre énergie vers un seul but : nous défendre. Nous n'avons plus de force pour autre chose, pour comprendre, par exemple, pour réfléchir, écouter, apprendre, communiquer...
À ce moment-là, deux stratégies d'adaptation sont possibles : l'une est productive, et l'autre ne l'est pas. La première nous permet de porter notre attention sur nos capacités d'action, ce qui nous permet de gagner en confiance. La seconde, celle qui n'est pas productive, nous fait perdre cette confiance en nous. Une fois n'est pas coutume, je vais vous confier ma propre expérience de la peur en ce moment même, ma petite histoire à moi.

Je vous écris et j'ai des tas de choses à vous dire sur la peur, mais les idées s'entrechoquent dans ma tête, il y en a trop, je ne parviens pas à les organiser. Donc, je panique. Je sens une menace, la peur de ne pas

réussir à écrire ce que je souhaite vous transmettre. Mon cerveau croit que je suis réellement menacée et mon taux de cortisol augmente. Je n'ai alors qu'une seule envie : partir en courant, fuir, laisser le manuscrit en l'état, tout planter et faire autre chose, comme croquer dans du chocolat, boire un café, travailler sur un autre projet...
Ici, deux choix s'offrent à moi. Le premier, non productif, est de tout lâcher en me disant que j'ai bien le temps, finalement. C'est vrai, je m'étais promis d'écrire pendant deux heures, mais tant pis, je me défile, je réponds à la peur de mon ego. Le problème, c'est que je perds confiance en moi car je ne respecte pas la promesse que je m'étais faite. Voilà pour la stratégie d'adaptation n° 1. Si je choisis la stratégie n° 2, la productive, je réponds certes à la peur de mon ego, mais, plutôt que de regarder ce qui me manque et de filer à l'anglaise, je me donne une chance de porter mon attention sur mes possibilités d'action. Dans mon cas, je sais que le partage d'anecdotes ou de témoignages me permet d'organiser mes idées. Et c'est justement ce que je viens de faire avec vous ! Cela m'a permis de tenir bon et de regarder ce que je sais faire, mes compétences, mes appétences. Je suis restée avec vous plutôt que fuir pour me défendre. Et puis, vous n'avez aucune ressemblance, de près ou de loin, avec un tigre...

La peur peut être utile, mais, lorsqu'elle émerge de notre ego, elle ne l'est pas toujours. Ces craintes génèrent un mauvais stress, celui qui fragilise la confiance en soi. Tout le challenge est de transformer ce mauvais stress en bon stress, celui qui donne de l'énergie. En portant votre attention sur vos ressources plutôt que sur ce qui vous manque, vous regardez ce qui est vivant, ce qui est là, le présent.
Évidemment, ce mouvement, comme tous les autres, suppose un peu d'exercice. Toutefois, je vous garantis une belle prise de confiance en vous, et en votre ado, après seulement quelques semaines de musculation. L'invitation ici est de faire un point sur vos peurs, en vous demandant lesquelles sont réelles et lesquelles sont égotiques. Dans le cas où vous affrontez les secondes, demandez-vous ensuite quelles sont vos ressources pour les traverser et gagner en assurance.

Passons maintenant un instant avec vos peurs. Pour commencer, vous pouvez faire la liste de tout ce qui vous tétanise. Prenez un papier et un stylo, écrivez en titre « Le cauchemar » et notez :

- → Quel serait le scénario catastrophe pour votre ado ?
- → À quoi ressemblerait le pire ?
- → Quelles sont vos peurs nourries par cette inconnue qu'est la vie future de votre enfant ?

À vous !

Maintenant, je vous invite à faire l'expérience inverse. Sur une autre feuille, écrivez « Le miracle » et décrivez le plus beau des scénarios.

- → Quel serait le scénario idéal pour votre ado ?
- → À quoi ressemblerait le meilleur ?
- → Que pouvez-vous mettre en place maintenant pour que cette situation existe aujourd'hui ?
- → Quel est votre niveau de confiance en votre capacité à créer ce miracle ?

Prenez maintenant un peu de distance et faites un point réaliste. De vos peurs, quelles sont celles qui sont réelles et quelles sont celles qui sont projetées ?

Lors de cette expérience, les parents de Raphaël évoquent leurs propres craintes : « Il passe son temps avec ses amis et délaisse tout ce qui pourrait l'aider à construire sa vie. S'il ne se prend pas en main, s'il ne prend pas conscience de l'importance de penser à son avenir, il ne deviendra jamais autonome et responsable. Parce qu'il se fiche de tout, ses notes seront mauvaises. Il ne pourra pas avoir un bon diplôme, ni choisir un métier qui lui conviendra. Il finira donc pauvre, triste et malheureux. Il faut qu'il prépare son avenir, qu'il arrête de perdre son temps à des futilités. »

Les parents de Raphaël décrivent ensuite la situation idéale : « Il passerait du temps avec ses amis, il ferait ses devoirs sans qu'on le lui demande, il aurait de bonnes notes, pourrait poursuivre ses études et obtenir un très bon diplôme. Il aurait donc un métier qu'il aime et serait heureux. »
Après un moment de recul, ils comprennent que leurs peurs concernant l'avenir de Raphaël sont des peurs projetées, liées à l'inconnu du futur. Accompagner leur fils, lui permettre de se sentir en sécurité sans oublier d'avoir confiance en ses capacités, lui apprendre à être autonome et responsable, voilà pourtant ce qu'ils peuvent faire avec Raphaël, ici et maintenant. Et tout le monde était d'accord là-dessus !

Nous allons maintenant nous occuper de vos peurs projetées. Qu'avez-vous besoin de vous donner pour prendre soin de vos peurs ?

Comptez sur vos ressources

✳ Écoutez le message de la peur

Vos peurs vous appartiennent. Elles sont peut-être légitimes, mais elles vous concernent, vous. En prenant soin de vos propres émotions, vous permettez à votre enfant de faire l'expérience pleine et entière de son adolescence, sans le brider. Il pourra en confiance faire l'expérience de l'espoir, du rêve, et les confronter à la réalité pour donner du sens à sa vie et devenir autonome. Il vous en sera reconnaissant.
Dans sa conférence TEDx « Comment faire du stress votre ami », la psychologue Kelly McGonigal démontre que le stress n'est mauvais que lorsqu'on le perçoit comme tel. Si nous comprenons que la réponse de notre corps au stress est utile et favorable pour nous, qu'elle nous permet de nous mobiliser et d'être performants, nous ne vivrons pas les effets du stress de façon négative. Par exemple, dans le cadre d'une étude menée à Harvard, les

chercheurs expliquent aux participants que, si leur cœur bat la chamade, c'est pour les préparer à l'action et que, s'ils respirent plus vite, c'est pour oxygéner leur cerveau. Résultat, leur réponse au stress est très différente : ce dernier n'est pas vécu comme un obstacle, bien au contraire.

✳ Prenez des risques

Évidemment, sortir de notre zone de confort est angoissant. L'inconnu, c'est un peu le tigre mangeur d'hommes de notre temps. Le bouton « peur » s'active, et nous voilà qui réagissons comme si la mort était proche. Seulement, voilà, nous confondons la notion de danger avec celle de risque.

La notion de danger nous renvoie au risque de tout perdre. Prendre un risque, c'est seulement sortir des sentiers battus, relever un défi ; ce n'est pas se mettre en danger. Votre ado vous invite à sortir de votre zone de confort, à briser la chaîne de vos routines. Ce n'est pas confortable, certes, mais ces challenges du quotidien nourrissent votre estime de soi parce qu'ils permettent d'entretenir la motivation, source d'estime de soi. Évidemment, ils doivent être relevés en douceur. Il ne s'agit pas de se torturer ! Si le défi est trop insécurisant, vous ferez marche arrière pour revenir dans vos habitudes confortables. Ici, je vous propose d'agrandir votre zone de confort en vous offrant le risque d'échouer. Demandez-vous si vous osez briser la routine de temps en temps ou si vous répétez chaque jour les mêmes gestes, les mêmes paroles, au sein d'un même contexte, d'un même environnement. Ensuite, commencez par un petit challenge : par exemple, décidez de changer de chemin pour aller travailler. Surprenez-vous !

Profitez de cette occasion qu'est l'adolescence de votre enfant pour booster votre estime de soi. Découvrez votre flexibilité, réveillez vos capacités d'imagination et d'adaptation, sautez dans l'inconnu et goûtez la fraîcheur de la nouveauté. Sans prise de risque, le cerveau se ramollit. Votre ado vous aide à tonifier vos cellules grises !

✳ Faites le bilan

Depuis plus de dix ans, voire quinze ans, vous regardez votre enfant grandir. Vous le relevez quand il tombe de vélo pour « lui apprendre à ne pas abandonner », vous lui donnez de la soupe pour « bien grandir », vous partagez vos valeurs, votre savoir, pour « nourrir son cerveau », vous posez des limites pour « favoriser son sentiment de sécurité »... Qu'avez-vous fait encore pour votre ado ? Prenez un stylo et une feuille blanche, et faites le bilan de tout ce que vous lui avez transmis, de votre amour pour la tarte aux pommes au respect de l'autre. Notez tout, avec le plus de détails possible : plus vous serez précis et exhaustif, plus vous sentirez le réconfort prendre place dans votre corps.

Pensez aussi à quelques souvenirs joyeux vécus avec votre ado. Dressez la liste de tous les bons moments partagés avec lui depuis son enfance, à tous ces instants où il vous a surpris. Qu'avez-vous appris grâce à lui ? Il est possible qu'ainsi, à force de remonter le temps, un sourire un peu béat vienne se déposer sur votre visage. N'ayez pas peur, il est chargé de bonnes ondes ! Jetez-vous à l'eau et profitez de ce moment pour retrouver la fraîcheur de votre âme d'enfant devenu parent.

Surtout, gardez confiance, car vous avez semé des graines. Même si votre ado « a changé », même si vous ne le reconnaissez plus, même s'il prétend que ses valeurs à lui ne sont pas les vôtres et qu'il semble les avoir enterrées au fond du jardin avec son ours en peluche, n'en doutez pas : elles sont encore là. Vous avez planté ce qu'il faut pour lui permettre de grandir en confiance.

✳ Profitez avec votre ado du présent

Régulièrement, nous plongeons dans la mélancolie d'un passé révolu ou dans l'anticipation d'un futur problème. Faire face à moult incertitudes et éviter de se laisser submerger par une vague de pensées négatives n'est pas la chose la plus aisée pour un parent d'ado. L'incertitude demeure pour autant une pensée, une projection cognitive.

Ce qui est réel, c'est le présent, ce que vous êtes en train de vivre ici et maintenant. Non seulement vos pensées ne peuvent garantir la sécurité éternelle, mais, quand elles sont négatives, elles viennent ternir le présent. S'installe alors une confusion entre ce que nous pensons et ce que nous vivons. Nous faisons de rapides raccourcis qui peuvent nous laisser croire qu'anticiper le négatif sécuriserait notre avenir, mais multiplier les pensées négatives n'a jamais sécurisé qui que ce soit ; se montrer réaliste, en revanche, participe à l'équilibre.

Alors, pour éviter que ces productions psychiques ne s'installent durablement, je vous invite à les laisser partir, comme vous laissez filer vos invités après un dîner. Quand vous broyez du noir, prenez soin de vos pensées, observez-les sans les juger, puis acceptez qu'elles vous quittent, ne les retenez pas, et revenez dans le moment présent. Que voyez-vous autour de vous ? Qu'entendez-vous ? Que sentez-vous ? Utilisez vos sens, ils sont là pour vous ramener à ce qui se passe, ici et maintenant, autour de vous.

Votre ado passe peut-être plus de temps avec ses amis qu'avec vous, vous le voyez moins... mais vous le voyez toujours. Alors, abandonnez ce que vous êtes en train de faire, là, tout de suite, et allez passer un moment avec lui, échangez une idée, faites un tour de vélo, partagez un gâteau ou osez une partie de jeu vidéo.

Ce qui se passe en lui

Du connu à l'inconnu

À l'adolescence, toute l'existence est marquée par la découverte. C'est un passage et, comme lors de toute étape, c'est le moment propice pour dresser le bilan, pour faire le point sur sa vie, sur ses envies. Votre ado aspire à plus de liberté et d'indépendance. Lui, il est prêt à sauter dans l'inconnu, parfois sans trop réfléchir. Les nouvelles expériences vont progressivement lui permettre de prendre confiance en ses propres capacités, et l'aider à grandir.

Dans la majorité des cas, un ado ritualise ce passage avec une série d'expérimentations, plus ou moins heureuses, de son environnement. Il bricole pour apprendre à voler de ses propres ailes, mettant à l'épreuve ses aptitudes, ses besoins, comme la valeur et le sens de sa vie. Ses paroles, sa pensée, ses actes lui appartiennent désormais en propre. Il ne vous considère plus comme un modèle ou le centre de son univers, mais comme un proche d'un point de vue affectif, comme une personne qui l'accompagne dans son cheminement vers la maturation sociale sans être elle-même parfaite. Il sait ce qu'il peut attendre des autres et ce que les autres peuvent attendre de lui dans une mutuelle reconnaissance où le débat a sa place. À ce moment-là, il prend pleinement corps dans son existence.

Votre ado peut adopter des comportements ou développer des idées auxquels vous ne vous attendiez pas, et auxquels il ne s'attendait pas non plus ! Plutôt que de vous braquer, admirez toutes ces fois où il fait preuve d'agilité pour s'adapter : dans quelles circonstances fait-il preuve de flexibilité, de souplesse ? Quand parvient-il à penser par lui-même ? Il est important aussi de l'accompagner dans sa réflexion : comment peut-il se développer individuellement et mettre cela au service du collectif, de la famille ? Comment, ensemble, pouvez-vous penser la capacité de s'adapter à n'importe quelle situation ?

Votre ado a besoin d'avoir confiance en sa capacité d'avancer et de s'adapter pour repousser les limites de sa zone de confort, pour en sortir sans fragiliser sa sécurité. Même si cela fait partie de son quotidien, sortir du cocon et des sentiers battus n'est pas de tout repos pour lui. La notion d'effort, nécessaire à l'appréhension de l'inconnu, peut se heurter à son envie de plaisir immédiat et à son intolérance à la frustration. Parce qu'il est toujours plus facile de jouer en ligne (plaisir) que d'y renoncer (frustration) pour se confronter à une situation nouvelle (faire son devoir de français), il peut être tenté de fuir l'effort. Pourtant, il est important que votre ado apprenne à ne pas décevoir son cerveau, et à tenir les promesses qu'il lui a faites.

De quoi a-t-il besoin ?

✳ Il a besoin de se fier à ses sens (réceptivité)

Votre adolescent a donc besoin de faire fonctionner son cerveau ! À cet effet, je vous invite à pratiquer la méthode Vittoz, une thérapie psychosensorielle fondée sur la redécouverte de nos cinq sens. Elle vise à rétablir l'équilibre entre deux fonctions primordiales du cerveau : la réceptivité des sensations et l'émissivité de la pensée.

- **La réceptivité** est la faculté de recevoir, par l'intermédiaire des cinq sens, les informations venues du monde extérieur, sans interprétation intellectuelle ou réaction personnelle. Dans la réceptivité, le cerveau reçoit, accueille consciemment. Notre mental est au repos.
- **L'émissivité** est la pensée, le raisonnement. La concentration fait partie de l'émissivité, de même que l'énergie de la volonté. La qualité de l'émissivité est inhérente à celle de la réceptivité : plus vous aurez de réceptivité, plus vous gagnerez en émissivité.

L'idée est donc d'abord de multiplier les actes conscients pour muscler la réceptivité. Ces exercices permettent d'apprendre à vivre le moment présent, sans allers et retours dans le passé ou dans l'avenir. Ils se pratiquent très facilement au quotidien, le matin dans une chambre, par exemple, en ouvrant grand les fenêtres, lorsqu'on prépare le petit déjeuner ou encore sous la douche. Vous pouvez aussi utiliser la méthode Vittoz pour vous recentrer avant un rendez-vous, et votre ado pourra l'utiliser avant son contrôle de maths.
Comment procéder ?

- **En respirant**
  Inspirez pendant 10 secondes, retenez votre respiration 5 secondes, puis expirez pendant 10 secondes. Sentez l'air envahir vos narines, passer dans l'arrière-gorge, la trachée, les poumons, et captez la fraîcheur de ce courant régénérateur.

- **En vous brossant les dents**
  Sentez le picotement du dentifrice, les poils de la brosse, la température de l'eau, etc.

- **En serrant la main d'une personne...**
  Entrez vraiment en contact avec elle : la poignée de main est-elle ferme ? fuyante ? La peau est-elle sèche ? moite ?

→ **En conduisant votre voiture ou en roulant à vélo...**
Sentez comment vous attrapez le volant, changez les vitesses, captez l'extérieur, etc.

Proposez à votre adolescent d'expérimenter ces petits moments d'arrêt sur image : ils l'aideront à être présent, concentré, mais aussi à mieux se connaître, à repérer ses émotions comme ses difficultés, pour mieux réguler les premières et gérer les secondes. En gagnant en réceptivité, il parviendra à garder son équilibre, sans être paralysé par l'inconnu.

* Il a besoin de se concentrer (émissivité)

Comme nous l'avons dit, l'émissivité est l'aptitude à émettre des pensées, des idées, des paroles, des images. La concentration, qui en fait partie, est une quête pour beaucoup : nombre de parents aimeraient que leur enfant parvienne enfin à se concentrer ; les jeunes adultes, eux, voient en la concentration la clé de la performance ; les personnes âgées multiplient leurs efforts à ce sujet pour lutter contre les pertes de mémoire.

Pour Roger Vittoz, « la concentration est la faculté de fixer sa pensée sur un point donné, de suivre le développement d'une idée sans se laisser distraire, simplement de pouvoir s'abstraire dans un travail quelconque ». Souvent, nous parvenons à nous concentrer à force d'effort, dans une forme de crispation. La méthode Vittoz préconise des exercices de concentration sans tensions. S'abstraire ainsi sur un graphisme, sur une couleur, sur un mot, peut alors prendre un sens symbolique.

En travaillant la concentration, au début sur une sensation, sur un point du corps ou sur un geste, nous développons une meilleure relation à notre corps, nous travaillons notre confiance en nous-mêmes, nous favorisons notre mémoire et enrichissons notre imaginaire. Il s'agira ensuite de s'exercer à la concentration sur une idée, un texte, sans crispations, sans tensions.

Voici deux expériences à proposer à votre adolescent.

→ Le tableau

Voici comment vous pouvez lui présenter l'exercice : « Sur ton écran mental, fais apparaître, au choix, un tableau noir, un paperboard ou une tablette. Trace mentalement la lettre A sur le tableau, fixe ton attention sur cette première lettre, puis fais-la disparaître. Recommence avec la lettre B, et ainsi de suite avec tout l'alphabet, le but étant d'aller au bout de l'alphabet sans te déconcentrer. »
Au début, votre ado n'ira probablement pas bien loin, mais il progressera vite puisque tout est question d'entraînement. Cet exercice peut être reproduit avec le signe de l'infini ou avec des chiffres : on dessine ce symbole dans l'air avec le doigt, puis on le trace sur son écran mental.

→ L'élimination du mot

Cet exercice est très utile pour se libérer d'une émotion inconfortable. Quand le cerveau donne une forme à une émotion (lorsque, délibérément, nous l'associons à un souvenir, à un objet, à une personne, etc.), nous pouvons modifier son intensité, voire nous débarrasser d'elle, en éliminant l'objet (le mot, la personne, la forme) auquel elle est associée.
Imaginons que votre ado soit sur le point de passer un examen et qu'il ait peur. Vous pouvez lui dire : « Choisis un mot qui résumera la cause de ton trac. Ce peut être le numéro du jury, ou la matière, ou le nom de l'examinateur, qui je crois sera monsieur Dupont. Sur ton écran mental, écris le nom Dupont et garde bien en tête les lettres qui le composent. Laisse venir la peur qui est associée à ce nom, puis efface la dernière lettre. Il te reste Dupon. Laisse venir l'émotion qui vient avec le mot amputé, et enlève de nouveau la dernière lettre. Il reste Dupo. Tu vas t'apercevoir que ton émotion a changé, et cela va continuer au fur et à mesure que tu enlèves des lettres. Tu auras même peut-être envie de rire, qui sait ? Continue, jusqu'à faire disparaître le mot. Te voilà soulagé de la charge émotionnelle induite par ton examen. »

✳ Il a besoin d'objectifs

Vous avez eu le temps au cours de votre lecture, ou vous le prendrez bientôt, de faire le point sur l'essentiel, sur ce qui vous anime au quotidien, sur vos valeurs, sur vos besoins, autant dans votre relation à vous-même que dans votre relation aux autres, et notamment à votre adolescent. Pour ne pas refermer ce livre sans prendre en considération vos réflexions, je vous invite à dresser la liste de ce que vous avez envie de réaliser dans les semaines et les mois à venir.

À quoi peut ressembler votre relation avec votre ado ? Notez toutes vos idées sur une feuille, puis classez-les par ordre de priorité. Par quoi allez-vous commencer ? Peut-être utiliserez-vous plus rarement les mots « toujours » ou « jamais » ? Peut-être partagerez-vous avec votre enfant une partie de son jeu vidéo favori ? Peut-être laisserez-vous votre portable éteint au moins une fois par semaine ? N'oubliez pas : vos objectifs doivent être concrets, atteignables et adaptés à votre réalité. S'il vous est difficile de dégager du temps dans votre agenda pour envisager des tête-à-tête avec votre enfant, évitez d'écrire que vous allez passer tous les soirs un moment avec lui. En revanche, vous pouvez écrire : « Cette semaine, je vais m'organiser pour prendre au moins une demi-heure rien que pour nous. » Tenez compte de vos contraintes, et avancez pas à pas.

Une fois ces souhaits bien identifiés pour vous, partagez-les avec lui. Proposez-lui, s'il le souhaite, de faire la même chose. Qu'est-ce qui l'anime au quotidien ? De quoi a-t-il envie, besoin ? Que peut-il réaliser concrètement dans les semaines, les mois à venir ? Proposez-lui de fixer chaque dimanche soir les objectifs qu'il souhaite réaliser dans la semaine, par exemple. Comme les vôtres, ses projets doivent être atteignables, et il faudra peut-être pour cela qu'il les divise en petits objectifs clairs et accessibles. Ainsi, les promesses (faites à soi-même) seront tenues, l'estime de soi sera musclée, et la motivation, relancée.

Vous pouvez aussi dresser la liste de ce que vous ne voulez plus jamais vivre, comme vous occuper seul de la lessive alors que votre ado sait le faire… à sa manière ! Cette liste, comme la précédente, est à compléter autant que vous le voulez.

✳ Il a besoin de s'inventer

Les adolescents ont besoin de sentir que tout est possible. C'est la fête aux potentialités, le moment idéal pour surfer avec lui sur sa créativité et l'encourager à faire travailler son imagination.

→ Autorisez-le à laisser libre cours à son imagination, à se tromper et à dire les choses qui lui passent par la tête sans crainte d'être jugé. Nous avons tous peur de prendre des chemins de traverse et de nous confronter à notre pire ennemi, l'échec, et votre ado est ici en première ligne.

→ Laissez du temps au temps. Votre enfant a le droit de prendre son temps, de découvrir à son rythme, et même d'être lent, car c'est bon pour son inventivité.

→ Prenez soin de son équilibre. Favorisez une ambiance calme, variez les lieux d'apprentissage, les sujets de réflexion, d'imagination, et évitez le stress et les conflits. C'est ainsi que vous l'aiderez à libérer son énergie créatrice.

Des idées pour adoucir le quotidien

✳ Se parler correctement

Si le fils de votre voisin rate son examen, comment réagissez-vous ? Vous lui hurlez qu'il est vraiment en dessous de tout ou vous l'encouragez à coups de « Je te soutiens, on va travailler et tu y arriveras » ? Voici les mots que je vous propose de prononcer pour vous et pour votre ado. Si vous le faites pour les autres, faites-le pour vous et faites-le pour lui. Là encore, il s'agit d'entraînement, de musculation, car ce type de réflexe n'est pas vraiment intuitif. Notre cerveau est moins fait pour porter son attention sur le positif que pour repérer le danger éventuel. Alors renforcez, musclez consciemment cette partie de votre cerveau qui peut identifier vos ressources et qui sait repérer les siennes. Parlez-vous correctement car, vos ressources en poche, l'inconnu vous paraîtra bien plus épatant.

✳ Décider d'un jour off

C'est un jour où tout est permis… ou presque ! Une fois par semaine, vous pouvez proposer à votre ado de changer de rythme pour adopter celui qui est plus juste pour lui à ce moment-là. Au préalable, vous lui aurez demandé de participer à la planification de la semaine pour répondre à vos besoins et à vos exigences, respectifs et collectifs. Chacun aura déterminé ses demandes, ses obligations, et un dialogue aura eu lieu à propos de ce qui est

possible et de ce qui ne l'est pas. Ainsi, vous aurez défini ensemble le temps des devoirs, celui des loisirs, celui du repos et celui de la participation aux tâches de la maison, pour tout le monde, vous y compris.
L'invitation est la suivante : une fois par semaine, votre ado peut adopter le rythme qu'il souhaite ; le reste du temps, il s'adapte aux limites posées en famille. Ce petit répit est une bonne façon de gérer la frustration. Il peut faire autrement que ce qui a été défini, en respectant les obligations (les devoirs, les tâches ménagères...), évidemment, mais à son rythme (plus lentement ou avec davantage de pauses...). Dans le même ordre d'idées, vous pouvez aussi décider d'un jour où votre ado est exempt de toute corvée ménagère, pour lui permettre de souffler.
Un bonheur n'arrivant jamais seul, je vous invite à faire de même : offrez-vous un jour off histoire de vous mettre en pause, vous aussi. Accordez-vous une journée pour mieux nourrir vos rêves et vos envies.

✳ S'appuyer sur des rituels, mais oser s'en échapper

Le rituel sécurise et donne de l'énergie pour explorer l'inconnu. Il sécurise parce qu'il permet de créer des références, des piliers de confiance sur lesquels nous pouvons nous appuyer en cas de stress, notamment quand nous nous trouvons en proie à l'inconnu. Ces gestes peuvent être très simples, comme celui de Nadal qui réajuste son short avant chaque engagement lors d'un match de tennis !
Par ailleurs, le rituel donne de l'énergie, du temps de cerveau disponible. Laissez-moi vous raconter une anecdote. Un jeune ado, vivant à la campagne, se rend tous les jours au collège à pied. Un matin, en retard, il décide de couper à travers champs pour arriver à l'heure. Il se fraie un chemin dans le blé, et arrive tout juste avant la sonnerie. Le soir, il repasse par le champ, et constate qu'il n'y a plus aucune trace de son passage. Parce que dormir le matin est un bien précieux et que gagner du temps est son défi préféré, il décide de passer tous les jours, matin

et soir, par le champ de blé. Au bout de quelques semaines, un chemin se crée, favorisant son passage. Moins d'énergie consommée à écarter le blé, plus de temps de sommeil, c'est tout bénef pour l'ado !

Mettre en place des rituels fait la même chose dans le cerveau. Une nouvelle habitude demande beaucoup d'énergie pour être traitée, puis assimilée, parce qu'un nouveau chemin neuronal se crée. Mais, une fois emprunté plusieurs fois, ce chemin neuronal se consolide. Ce qui devient une habitude suppose dès lors beaucoup moins d'énergie, et nous pouvons utiliser l'énergie gagnée pour autre chose, notamment pour accueillir le nouveau, l'inconnu et son lot de surprises.

Pour éviter l'anxiété inhérente à l'inconnu, à la nouveauté, la routine et les rituels offrent donc un cadre et permettent de récupérer la sensation de contrôle dont nous avons besoin pour naviguer, même à vue. Pour restaurer ou préserver la membrane familiale, gage de sécurité, vous pouvez proposer des rendez-vous à votre ado, par exemple sous la forme d'un « dîner de la parole ouverte ». Chaque dimanche soir (ou n'importe quel autre jour de la semaine qui vous convient), tout peut être dit, à condition de l'être avec douceur, évidemment.

N'oubliez pas d'équilibrer ces habitudes rassurantes avec des moments de challenge. Se lancer des défis, oser sortir de sa zone de confort, prendre des risques sans se mettre en danger, tout cela est nécessaire pour renforcer l'estime de soi.

✳ Méditer

Pour revenir à l'instant présent, rien de tel que la méditation. Le philosophe Alexandre Jollien rappelle dans son dernier livre, *À nous la liberté*[3], qu'elle n'empêche pas l'action, bien au contraire : « Grâce à la méditation, on peut observer qu'on est sans cesse traversé d'émotions, autant de tempêtes mentales qu'il s'agit de laisser passer pour que rien ne se fixe : quand la colère se

3. Chistophe André, Alexandre Jollier, Matthieu Ricard, *À nous la liberté*, Allary éditions, 2019.

rigidifie, elle devient de la haine ; lorsque la tristesse s'installe, elle se transforme en affliction. Le bouddhisme nous apprend que la souffrance naît de cette friction entre l'impermanence du monde et notre volonté de fixité qui lutte contre l'éphémère et la fluidité de la vie. »

Comment faire ? Méditer, c'est simplement vous reconnecter avec vos sensations, vos émotions et vos pensées du moment, sans les juger ni vouloir qu'elles changent. Que vous soyez en train de faire la vaisselle, de planter un rosier, de jouer au basket, de déambuler dans le métro, peu importe ! Soyez là, présent à vous-même, laissez ces sensations, ces émotions, ces pensées vous traverser comme les nuages traversent le ciel, et revenez à votre souffle, à votre respiration.

Vous pouvez évidemment vous asseoir en tailleur dans un endroit tranquille, sans bruit, avec une lumière tamisée, mais ce n'est pas obligatoire. Parfois, cette séance sera agréable, parfois moins. Pendant 5 minutes, ou 10, ou 15, voire 45, prenez ce temps pour vous. Entraînez-vous, car ce n'est pas la durée qui compte, mais la régularité. Vivez dans le présent, sans passé ni avenir, juste pour l'expérience du moment.

Proposez à votre ado de télécharger des applications de méditation comme Petit Bambou, Mind ou Headspace. Il sera sans doute plus à l'aise avec l'aspect numérique de cette pratique, qu'il pourra utiliser en toute autonomie, comme il aime !

WARNING
Quand s'inquiéter ?

Nous vivons dans un monde plein d'inconnues. Attentats, pandémies, chômage, catastrophes écologiques font partie du paysage des adolescents d'aujourd'hui. Ils ne savent pas ce qui les attend, et peuvent craindre le pire. Par ailleurs, pour certains, les masques au collège, les cours en ligne et le couvre-feu sont autant de coups d'épée dans leur sentiment de sécurité. Angoissés, ils peuvent voir en tout ce qui est inconnu une source potentielle de danger. Si votre enfant reste attaché de manière excessive à ce qu'il connaît, s'il se ferme totalement à la nouveauté, s'il se coupe de l'extérieur, s'il multiplie les rituels de manière obsessionnelle (rituels de vérification, de répétition, de toucher ou de lavage), s'il traverse des crises de panique (difficultés à respirer avec fréquence cardiaque élevée, tremblements, étourdissements...), il est probable qu'il développe des troubles anxieux. Envisagez un accompagnement thérapeutique, voire un traitement médical.

CONCLUSION

Récolter les fruits de l'adolescence

Nous y sommes. À cet endroit exact où je souhaitais vous emmener : l'après, ou plutôt le présent. Je rédige ces dernières lignes au cœur de la version bis du confinement 2020, cette période singulière qui secoue tout ce que nous connaissons, de nos projections à notre sécurité. Désorientés, nous sommes invités à trouver notre cap au quotidien, à rebattre les cartes régulièrement et à ouvrir grand les yeux sur notre présent. Et je rêve de l'après. L'après-Covid. Qu'ai-je envie pour ce monde d'après ? Quand une partie de l'avant pourra-t-elle redevenir le présent ? À quoi l'autre partie, cette partie que l'expérience Covid-19 aura teintée, ressemblera-t-elle ? Qu'aurais-je appris de cette expérience ?

Si je parle de ce confinement, c'est que, vous l'aurez compris, je fais ce parallèle avec l'expérience que vous êtes en train de vivre : le confinement de l'adolescence !

Le présent est chamboulé, et parfois vous aimeriez bien donner votre ado en pension à des gens qui ont plus de patience que vous aujourd'hui. Comme je vous comprends ! Qui n'a pas envie de sortir du confinement ? Il y a cependant une différence, et pas des moindres : l'adolescence de votre petit vous fera probablement beaucoup rire dans quelques années. Même si votre ado vous gonfle aujourd'hui, vous l'aimez, et les souvenirs que vous créez avec lui au cours de cette période seront plus doux (si, si, je vous assure) quand il aura grandi.

Alors, plutôt que de rêver au monde d'après, qu'apprenez-vous de l'expérience ? Qu'est-ce que l'adolescence de votre enfant vous permet d'explorer en vous ? Quel coup de frais insuffle-t-il à votre quotidien ? Je vous invite à vivre cette étape passionnante comme une grande retraite spirituelle débouchant sur un mode de vie plus riche ! Profitez de cette transition pour grandir ensemble, vous réinventer, prendre soin de vous. Votre ado porte en lui une part de vous, alors découvrez-vous en lui. Que ce livre soit un pont entre lui et vous.

Maman ? Tu me rends ma Switch s'teu plaît ?
Attends, j'ai presque fini ma partie !

POUR EN SAVOIR PLUS

✳ Vidéos et sites Internet

- « L'heureux secret d'un meilleur travail », conférence TED du psychologue américain Shawn Achor (2011) https://www.ted.com/talks/shawn_achor_the_happy_secret_to_better_work/transcript?language=fr
- « Qu'est-ce qu'une vie réussie ? Les leçons de la plus longue étude sur le bonheur », conférence TED du psychiatre américain Robert Waldinger (novembre 2015) https://www.ted.com/talks/robert_waldinger_what_makes_a_good_life_lessons_from_the_longest_study_on_happiness?language=fr
- « L'atlas des émotions », de Paul Ekman, en collaboration avec le dalaï-lama www.atlasofemotions.org
- *Négatif*, de Tom Goyon (juin 2016), aborde avec humour et légèreté le thème de la confiance en soi www.vimeo.com/172383925
- Avons-nous peur d'avoir peur ? La réponse de Mr Ramesh » https://www.youtube.com/watch?v=NqMKb38W4Ys
- *In Between*, de Gobelins, l'école de l'image (septembre 2012), un film d'animation sur la confiance en soi pour toute la famille https://www.youtube.com/watch?v=2xp22IYL2uU
- *A Short Story About Emotions* (education psychology health animation), d'Alfred & Shadow (février 2015), un film d'animation qui permet à toute la famille de comprendre les émotions https://www.voicetube.com/v3/videos/36119
- www.apprendreaeduquer.fr
- https://adozen.fr/

✳ Ouvrages

Pour vous

- Anne Ancelin Schützenberger, *Aïe, mes aïeux !*, Desclée De Brouwer, 2009.
- Thupten Jinpa, *N'ayons plus peur*, Belfond, 2016.
- Fabrice Midal, *Foutez-vous la paix ! et commencez à vivre*, Flammarion, 2017.
- Thich Nhat Hanh, *Prendre soin de l'enfant intérieur ; faire la paix avec soi*, Belfond, 2014.
- François Lelord et Christophe André, *la Force des émotions*, Odile Jacob, 2001.
- Abraham Maslow, *Devenir le meilleur de soi-même*, Eyrolles, 2008.
- Marshall B. Rosenberg, *Les mots sont des fenêtres (ou bien ce sont des murs)*, La Découverte, 2005.
- Virgile Stanislas Martin et Guillaume Poupard, *50 exercices de systémique*, Eyrolles, 2019.

Pour vous et pour eux

- Dr Catherine Gueguen, *Pour une enfance heureuse ; repenser l'éducation à la lumière des dernières découvertes sur le cerveau*, Pocket, 2015.
- Carole Gammer et Marie Christine Cabié, *l'Adolescence, crise familiale ; thérapie familiale par phases*, Érès, 1998.
- Véronique Geens et Muriel Albert, *le Plaisir d'apprendre en mouvement avec le brain gym*, Érasme, 2014.
- Marie-Claude Maisonneuve, *Maman, papa, j'y arrive pas ! Comprendre et agir sur les causes physiologiques des difficultés scolaires et comportementales de son enfant*, Quintessense, 2008.
- Emmanuelle Piquet, *Mon ado, ma bataille ; comment apaiser la relation avec nos adolescents*, Payot, 2017.
- Martin Winckler, *C'est mon corps ; toutes les questions que se posent les femmes sur leur santé*, L'Iconoclaste, 2020.

- Art-mella, *Émotions : enquête et mode d'emploi*, BD 3 tomes, Pourpenser.
- Dr Daniel J. Siegel, *le Cerveau de votre ado ; comment il se transforme de 12 à 24 ans*, Les Arènes, 2018.
- Martine Fallon, *Moi super héros ; la cuisine de l'énergie racontée aux enfants de 7 à 117 ans*, Martine Fallon Éditions, 2019.
- Marie Caiazzo et Lucie Maillet, *Branche tes cerveaux ; aider son enfant à être concentré et détendu pour qu'il apprenne facilement et sans stress !*, Eyrolles, 2020.

TABLE

INTRODUCTION 11
Apprendre les uns des autres 11
Quid de la crise d'adolescence ? 14
Se séparer, et pourtant s'aimer 15

LE CORPS 19
Ce que disent les ados 22
Ce qu'en pensent les parents 23
Et vous ? Qu'en pensez-vous ? 23
Ce que dit la théorie 25
Une perte de repères 25
Des modifications corporelles 26
Comment s'adapter à la situation ? 29
Réfléchissez aux six sujets sensibles 32
Le sommeil 32
Le mouvement 33
L'alimentation 33
L'hygiène 35
Les changements physiques 35
Le sexe 36
Ce qui se passe en lui 37
Entre attirance et rejet 37
De quoi a-t-il besoin ? 38
Il a besoin de confiance, de présence 38

Il a besoin d'intimité ... 38
Il a besoin de tranquillité, de détente ... 39
Des idées pour adoucir le quotidien ... 40
Être à l'écoute de soi ... 40
Favoriser le sommeil ... 41
S'informer sur la sexualité ... 42
Bien se nourrir ... 42

LES ÉMOTIONS ... 47
Ce que les ados disent ... 51
Ce que les parents en pensent ... 51
Et vous ? Qu'en pensez-vous ? ... 51
Ce que dit la théorie ... 52
Une réaction passagère ... 52
Une foule d'émotions ... 54
Un savoir intérieur ... 57
Comment s'adapter à la situation ? ... 59
Écoutez vos ressentis ... 61
Ce qui se passe en lui ... 64
Un recul encore en développement ... 64
De quoi a-t-il besoin ? ... 65
Il a besoin de vider son sac ... 65
Il a besoin d'identifier ses boutons à émotions ... 67
Il a besoin de se connaître ... 68
Des idées pour adoucir le quotidien ... 69
S'entretenir avec son émotion ... 70
Respirer ... 71
Reconnaître les cas d'urgence émotionnelle ... 72
Exprimer ses émotions ... 72

L'IDENTITÉ, L'ESTIME DE SOI ... 77
Ce que les ados disent ... 80
Ce que les parents en pensent ... 80
Et vous ? Qu'en pensez-vous ? ... 81
Ce que dit la théorie ... 81

Penser par soi-même 81
Tout pour l'expérience 83
Comment s'adapter à la situation ? 84
Reliez-vous 86
Ce qui se passe en lui 88
L'ébauche du narcissisme 88
De quoi a-t-il besoin ? 88
Il a besoin de favoriser son estime de soi 88
Il a besoin de repérer ses besoins 90
Il a besoin de s'interroger 94
Il a besoin de nouvelles références sociales 95
Il a besoin d'expériences 96
Il a besoin d'amour inconditionnel 98
Des idées pour adoucir le quotidien 98
Multiplier les attentions positives 99
Identifier ses valeurs 99
Reconnaître ses forces 100
Considérer ce qui fonctionne 101

LA COMMUNICATION 105
Ce que les ados disent 109
Ce que les parents pensent 109
Et vous ? Qu'en pensez-vous ? 109
Ce que dit la théorie 110
C'est quoi, communiquer ? 110
L'importance de la bienveillance 111
Les étapes de la CNV 114
Composante n° 1 : observer sans juger 114
Composante n° 2 :
identifier et exprimer ses sentiments 115
Composante n° 3 :
identifier et exprimer ses besoins 116
Composante n° 4 : faire une demande 118
Comment s'adapter à la situation ? 119
Exercice
Savez-vous parler en CNV ? 119

Dire ses sentiments ... 119
Parler de ses besoins ... 120
Formuler une demande ... 121
Apprenez à observer ... 123
Ce qui se passe en lui ... 123
Une certaine confusion ... 123
De quoi a-t-il besoin ? ... 125
Il a besoin d'écoute et d'attention ... 125
Il a besoin de dialogue clair, et vous aussi ! ... 126
Des idées pour adoucir le quotidien ... 128
S'exercer au 6/9 ... 128
Trouver des exceptions ... 128
Transformer les jugements en observations ... 129

LES APPRENTISSAGES ... 131
Ce que les ados disent ... 135
Ce que les parents en pensent ... 135
Et vous ? Qu'en pensez-vous ? ... 135
Ce que dit la théorie ... 136
Un geste naturel ... 136
Un geste personnel ... 137
Un geste sensitif ... 138
Un geste singulier ... 139
Comment s'adapter à la situation ? ... 140
Prenez du recul ... 141
Vous n'apprenez pas comme lui ... 141
Vous n'êtes pas parfait, lui non plus ... 144
Ce qui se passe en lui ... 145
Entre idéal et (dé)motivation ... 145
De quoi a-t-il besoin ? ... 147
Il a besoin de sens ... 147
Il a besoin de trouver sa motivation externe pour développer sa motivation interne ... 150
Il a besoin de s'organiser ... 150
Il a besoin de muscler sa concentration ... 152
Il a besoin de pauses ... 153

Des idées pour adoucir le quotidien 154
Opter pour la méthode de l'oie 155
Faire quelques exercices de *brain gym* 156
Se questionner 157
Planifier 157
Célébrer ses petites victoires 158
Apprendre, partout et tout le temps 159

LES ÉCRANS 163
Ce que les ados disent 166
Ce que les parents pensent 167
Et vous ? Qu'en pensez-vous ? 167
Ce que dit la théorie 168
Des outils séduisants 168
Des effets non négligeables 168
Sur le corps 168
Sur la tête 169
Sur les relations sociales 169
Comment s'adapter à la situation ? 170
Retrouvez l'équilibre 173
Le temps de consommation 173
La qualité des contenus 174
Les moments d'utilisation 174
L'importance de la déconnexion 175
Ce qui se passe en lui 176
Un cerveau encore en construction 176
De quoi a-t-il besoin ? 177
Il a besoin de préserver ses capacités d'attention 177
Il a besoin de repères 178
Il a besoin d'échanger avec vous 179
Des idées pour adoucir le quotidien 180
Échanger avec d'autres parents 180
Créer un sas d'une demi-heure 180
Poser dix questions pour activer la conversation 181
Établir un pacte 182

LES CRISES 185
Ce que les ados disent 188
Ce que les parents pensent 189
Et vous ? Qu'en pensez-vous ? 189
Ce que dit la théorie 190
La vie, le lien et les crises 190
La crise d'adolescence 191
Repenser les désaccords 193
Reconnaître sa part de responsabilité 193
Réconcilier 194
Résoudre 194
Comment s'adapter à la situation ? 194
Repensez le cadre 196
Ne prenez pas les choses contre vous 196
Montrez-lui le chemin de l'autonomie 197
Fixez de nouvelles limites 198
Demandez et donnez réparation 200
Pensez-y, vous l'aimez ! 202
Ce qui se passe en lui 202
Le fantasme de l'invincibilité 202
De quoi a-t-il besoin ? 203
Il a besoin d'un cadre présent et flexible 203
Il a besoin d'intimité 204
Il a besoin d'attention pour trouver une solution 204
Il a besoin d'un regard positif 205
Des idées pour adoucir le quotidien 207
S'occuper de soi quand la coupe est pleine 207
Créer des espaces-temps dédiés au lien 208
Multiplier les encouragements 208
S'entraîner à exprimer sa gratitude 209

L'INCONNU 211
Ce que les ados disent 215
Ce que pensent les parents 215
Et vous ? Qu'en pensez-vous ? 215

Ce que dit la théorie 216
De l'inconnu à l'impermanence 216
Accepter le présent 218
Comment s'adapter à la situation ? 220
Comptez sur vos ressources 224
Écoutez le message de la peur 224
Prenez des risques 225
Faites le bilan 226
Profitez avec votre ado du présent 226
Ce qui se passe en lui 227
Du connu à l'inconnu 227
De quoi a-t-il besoin ? 229
Il a besoin de se fier à ses sens (réceptivité) 229
Il a besoin de se concentrer (émissivité) 231
Il a besoin d'objectifs 233
Il a besoin de s'inventer 234
Des idées pour adoucir le quotidien 234
Se parler correctement 234
Décider d'un jour off 235
S'appuyer sur des rituels, mais oser s'en échapper 236
Méditer 237

CONCLUSION 241
Récolter les fruits de l'adolescence 241
Vidéos et sites Internet 245
Ouvrages 246

Une révérence de remerciements
à toutes celles et ceux qui se reconnaîtront.

Direction : Jean-Louis Hocq
Direction éditoriale : Marion Guillemet
Édition : Bérénice Taveau
Correction : Chloé Chauveau
Conception graphique et couverture : Johanna Fritz
Mise en pages : Nord Compo
Fabrication : Laurence Duboscq

Solar éditions
solar_editions

Solar, un département d'Édi8
92 avenue de France
75013 Paris

ISBN : 978-2-263-15332-7
Code éditeur : S15332P
Dépôt légal : mai 2021
Achevé d'imprimer en France
par Normandie Roto s.a.s. en avril 2021 (2004676).